William Maxwell

Also dann bis morgen

William Maxwell

Also dann bis morgen

ROMAN

Aus dem Amerikanischen
von Benjamin Schwarz

Büchergilde Gutenberg

Die Originalausgabe erschien erstmals
1980 unter dem Titel *So Long, See You Tomorrow*
beim Verlag Knopf in New York.

Lizenzausgabe für die Büchergilde Gutenberg,
Frankfurt am Main und Wien,
mit freundlicher Genehmigung
des Paul Zsolnay Verlages Wien

Satz: Satz für Satz. Barbara Reischmann, Leutkirch
Druck und Bindung: Franz Spiegel Buch GmbH, Ulm
Printed in Germany
ISBN 3 7632 4834 x

Für Robert Fitzgerald

I

Ein Revolverschuß

Die Kiesgrube befand sich ungefähr eine Meile östlich der Stadt, war so groß wie ein kleiner See und so tief, daß die Eltern ihren Söhnen unter sechzehn verboten, darin zu baden. Ich kannte sie nur vom Hörensagen. Sie sei bodenlos tief, sagten die Leute, und weil mich die Vorstellung, man brauche nur irgendwo ein Loch senkrecht in die Erde zu graben und immer weiterzugraben, dann komme man in China heraus, sehr beschäftigte, nahm ich diese Behauptung für bare Münze.

Eines Wintermorgens, kurz vor Tagesanbruch, hörten drei Männer, die dort Kies luden, etwas, was wie ein Revolverschuß klang. Es könne aber auch, meinten sie, die Fehlzündung eines Autos gewesen sein. Innerhalb weniger Sekunden wurde es hell. Niemand kam über das angrenzende Feld auf die Grube zu, und sie sahen auch niemanden auf der Straße. Der Knall war keine Fehlzündung gewesen: ein Pächter namens Lloyd Wilson war soeben erschossen worden, und was sie gehört hatten, war der Schuß, der ihn tötete.

Auf die Fragen des Untersuchungsrichters gab Wilsons Onkel, ein Mann Ende Sechzig, der seit etlichen Jahren bei seinem Neffen wohnte, zu Protokoll, er habe beim Pferdefüttern dessen Laterne gesehen, als er auf dem Weg zum Kuhstall vorbeigekommen sei. Der Pferdestall und der Kuhstall lagen etwa hundertfünfzig Meter auseinander. Er hatte den Schuß nicht gehört und auch an diesem Morgen niemanden auf der Farm bemerkt, der dort nicht hingehörte. Der Haushalt bestand damals aus Wilson, seinen zwei kleinen Jungen im Alter von sechs und neun Jahren, der betagten Haushälterin und dem Onkel, Fred Wilson.

Dann trat die Haushälterin in den Zeugenstand und sagte aus, Lloyd Wilson sei am letzten Morgen seines Lebens wie gewöhnlich um halb sechs aufgestanden, habe sich angezogen und zwei Feuer gemacht. Während er darauf wartete, daß das Feuer im Küchenherd richtig brannte, redete und scherzte er mit ihr. Er war gut gelaunt und ging pfeifend aus dem Haus. Gewöhnlich war er mit dem Melken fertig und wieder in der Küche, noch ehe sie das Frühstück auf dem Tisch hatte. Da sie wußte, daß er in der Stadt einen Mann abholen mußte, den er zum Schälen der letzten Maiskolben angeheuert hatte, schickte sie um sieben den kleineren der beiden Jungen los, damit er nachsah, wo sein Vater so lange blieb. Er bat um eine Taschenlampe, und sie spähte hinaus in die Dunkelheit und sagte dann, er brauche keine Lampe, er könne die Laterne aus der offenen Stalltür herüberleuchten sehen. Kurz darauf hörte sie ihn zurückkommen. Er weinte. Als sie die Windfangtür aufmachte und nach ihm rief, sagte er: »Papa ist tot! Er sitzt da mit offenen Augen, aber er ist tot ...«

Wer glaubt schon einem Kind. Sie schob den Jungen und seine Geschichte beiseite und lief zum Stall. Wilson saß in der mittleren Box auf einem Melkschemel, sein Körper war gegen die Trennwand gesunken. Sie packte ihn bei der Hand und rief: »Lloyd, um Gottes willen, was haben Sie?« Sie dachte, er habe einen Herzschlag oder vielleicht einen Schlaganfall erlitten. Wie das Kind es gesagt hatte, saß er mit offenen Augen da, war aber tot.

Die Haushälterin und Fred Wilson taten das Notwendige – das heißt, sie ging ins Haus zurück und machte mehrere Telefonanrufe, und er melkte die Kühe zu Ende, trieb sie auf die Weide und setzte sich dann neben den Toten, bis der Leichenbestatter und sein Gehilfe kamen und ihn mit in die Stadt nahmen. Die Leichenstarre hatte eingesetzt, und sie mußten die Ärmel seiner Jacke aufschneiden, damit sie ihm die Sachen ausziehen konnten. Sie zogen ihm Jacke, Strickjacke, Kordweste und Flanellhemd aus, ehe sie auf dem Unterhemd, über dem Herzen, einen kleinen roten Fleck entdeckten.

Damals – ich spreche von Anfang der zwanziger Jahre – schlossen die Leute in Lincoln meist ihre Türen nachts nicht ab, und wenn, dann aus Sorge vor Einbrechern. Manchmal las man in der Abendzeitung, jemand sei wegen ordnungswidrigen Verhaltens verhaftet worden, aber damit war Trunkenheit gemeint. Ohne zu zögern, würde ich sagen, daß Gewalttaten an einem Ort nicht gedeihen konnten, an dem die Häuser nicht weit auseinander standen und nie von hohen Mauern umgeben waren und an dem es schwierig gewesen wäre, irgend etwas Ungewöhnliches zu tun, was nicht aus dem einen oder anderen Zufall oder einfach aus Neugier bemerkt worden wäre. So kann man in einer Chronik des Logan-Distrikts von 1911 folgenden Satz lesen: »Obwohl es in der näheren Umgebung an die fünfzig Schießereien mit tödlichem Ausgang gab …, ereigneten sich nur sehr wenige dort, wo sich die Leute gut kannten oder in der Gemeinde angesehen waren.« In der Regel spielten sich die Schießereien, die Messerstechereien oder die Schlägereien in einer Bergarbeiterhütte, einer abgelegenen Seitenstraße oder einem einsamen Farmhaus ab; nur eines der Verbrechen, die in jenem Buch erwähnt werden, geschah in einem Haus in der Zehnten Straße, gleich um die Ecke von dem Haus, in dem wir wohnten, als ich ein Kind war. Was den Mord an Lloyd Wilson von allen anderen unterschied, war ein so schockierendes Detail, daß der *Courier-Herald* in Lincoln mehrere Tage zögerte, ehe er es druckte: Der Mörder hatte dem Toten mit einem Rasiermesser ein Ohr abgeschnitten und mitgenommen. In jener vorfreudianischen Zeit fragten sich die Leute nicht, wofür das Ohr ein Ersatz sein könnte, sondern erschauerten nur.

2

Die Trauerzeit

Ich bezweifle sehr, daß mir der Mord an einem Pächter, den ich nie zu Gesicht bekommen habe, mehr als fünfzig Jahre im Gedächtnis geblieben wäre, wenn nicht (erstens) der Mörder der Vater von jemandem gewesen wäre, den ich kannte, und (zweitens) ich später nicht etwas getan hätte, dessen ich mich hinterher schämte. Dieser Bericht – wenn man ihn überhaupt so nennen kann – ist ein umständlicher, vergeblicher Versuch, eine Schuld abzutragen.

Ehe ich auf all das näher eingehen kann, muß ich noch ein anderes Thema aufgreifen. Als mein Vater älter wurde und die Vergangenheit in seinen Gesprächen eine immer größere Rolle spielte, fragte ich ihn einmal, wie meine Mutter gewesen sei. Ich wußte, was sie mir als Mutter gewesen war, aber ich meinte, es sei an der Zeit, daß mir jemand erzählte, was für ein Mensch sie gewesen war. Zu meinem Befremden sagte er: »Das ist aus und vorbei«, womit er mich zum Schweigen brachte, aber der schroffe Ton seiner Stimme ließ mich im Zweifel, ob er nach all den Jahren nicht mehr viel für sie empfand oder ob er es tat, aber der Meinung war, es wäre besser nicht so. Auf jeden Fall war ihm nicht danach, mit mir über sie zu reden.

Nur wenige Familien bleiben von Unglücksfällen der einen oder anderen Art verschont, doch in den Jahren zwischen 1909 und 1919 bekam die Familie meiner Mutter mehr als ihren Teil davon ab. Mein Großvater wurde, als er in einem Farmhaus übernachtete, von einer Ratte oder einem Frettchen ins Ohr gebissen und starb drei Monate später an Blutvergiftung. Der einzige Bruder meiner Mutter verlor bei einem Autounfall den rechten Arm. Ihre jüngere Schwester goß Petroleum auf ein Kaminfeuer, das nicht brennen wollte, setzte ihr Kleid in Brand und trug für den Rest ihres Lebens Narben davon. Mein älterer Bruder geriet, als er fünf Jahre alt war, mit dem Fuß in ein sich drehendes Wagenrad.

Ich war so klein, als das alles geschah, daß ich entweder nichts davon erfuhr oder es mich nicht berührte, weil es sich sozusagen in einiger Entfernung abspielte. Wenn mein Bruder sich abends auszog, lehnte er sein künstliches Bein an einen Stuhl. Da wir in einem Zimmer schliefen, war es mir so vertraut wie seine Mütze oder sein Baseballhandschuh. Er neigte nicht zu Selbstmitleid, und die Erwachsenen achteten stets darauf, ihm ihren Kummer über das, was ihm zugestoßen war, nicht zu zeigen. Was ich seinem »Leiden« gegenüber empfand, war in mein Unbewußtes abgedrängt (vorausgesetzt, es gibt so etwas), wo ich nicht herankam.

Mein jüngerer Bruder wurde am Neujahrstag, auf dem Höhepunkt der Grippeepidemie 1918, geboren. Meine Mutter starb zwei Tage später an doppelseitiger Lungenentzündung. Danach gab es keine Unglücksfälle mehr. Das Schlimmste, was eintreten konnte, war eingetreten, und alles verlor seinen Glanz. Fassungslos nahmen wir das Kranzgebinde an der Tür hin, das Kommen und Gehen des Leichenbestatters, das viele Essen, den betäubenden Duft weißer Blumen und alles andere, darunter die erste einer Reihe von Haushälterinnen, die sich um den Säugling kümmerte und bei den Mahlzeiten den Platz meiner Mutter einnahm. Rückblickend halte ich es für mehr als wahrscheinlich, daß diese fahlgesichtige, flachbrüstige Frau schon lange, bevor sie uns überhaupt zu Gesicht bekam, die Schattenseiten des Lebens kennengelernt hatte. Sie stammte aus einer Welt, die wir nicht kannten, und ich erinnere mich nicht, daß sie je einen Tag freibekommen hätte. Sie hat vielleicht den Versuch gemacht, meinem älteren Bruder und mir eine Mutter zu sein, aber es hätte eine ganze Menge mehr als das gebraucht, um unseren Widerstand zu brechen. Wir wußten, was wir besessen hatten, und waren nicht gewillt, uns durch irgendeine Art geheuchelter Zuneigung täuschen zu lassen.

Die Schwestern meiner Mutter und die Schwestern meines Vaters und meine Großmutter, alle paßten sie auf uns auf. Hätten sie es nicht getan, ich weiß nicht, was aus uns geworden wäre in jenem traurigen Haus, in dem sich nie etwas veränderte, in dem das Leben stehengeblieben war. Mein Vater war fast zerbrochen am Tod meiner Mutter. Abends nach dem Essen ging er durch das Haus, und ich ging mit ihm mit, den Arm um seine Taille gelegt. Ich war zehn Jahre alt. Er ging vom Wohnzimmer in die Diele, machte kehrt und wanderte an der Standuhr vorbei weiter in die Bibliothek und von der Bibliothek wieder ins Wohnzimmer. Oder er spazierte von der Bibliothek ins Eßzimmer und dann durch eine andere Tür ins Wohnzimmer und wieder zurück in die Diele. Weil er nichts sagte, sagte ich auch nichts. Ich versuchte nur vorauszuahnen, wann er drauf und dran war, umzukehren, in welches Zimmer er als nächstes gehen wollte, damit wir nicht gegeneinander stießen. Seine Augen starrten auf Dinge, die es in den Zimmern nicht gab, und sein Gesicht war fahl wie Asche. Aus Gesprächen, die ich mit angehört hatte, wußte ich, daß ihn die Vorstellung quälte, er sei verantwortlich für das, was passiert war. Hätte er doch nur diese oder jene Vorsichtsmaßnahme getroffen ... Das stimmte aber nicht, überhaupt nicht. Als die Epidemie bereits wütete und den Leuten gesagt wurde, sie sollten Menschenansammlungen meiden, stiegen er und meine Mutter in einen überfüllten Zug, um in das dreißig Meilen entfernte Bloomington zu fahren, wo es ein besseres Krankenhaus als in Lincoln gab. Doch selbst wenn sie das Kind zu Hause geboren hätte, würde sie die Grippe bekommen haben. Mein älterer Bruder oder mein Vater oder ich hätte sie angesteckt. Uns alle hatte es erwischt.

Was in meinem älteren Bruder vorging, mußte ich erraten. Das war etwas, was mit mir zu teilen er keine Lust hatte. Ich studierte den Ausdruck in seinen braunen Augen und erschrak: Wenn ich es nicht gewußt hätte, so hätte ich geglaubt, seine Gefühle seien durch etwas verletzt worden, über das zu sprechen er zu stolz sei. Verschlossener hatte ich ihn noch nie gesehen. Abends zogen wir uns aus und gingen zu Bett und schliefen ein, ohne die Dunkelheit dazu zu nutzen, uns gegenseitig das Herz auszuschütten. Heute kommt mir das seltsam vor, damals nicht. Obwohl wir sehr verschieden waren, kannte er mich in- und auswendig – das heißt, er kannte meine Schwächen und wußte sie auszunutzen, und deshalb scheute ich mich, ihm meine Gefühle zu offenbaren. Ich vermute auch, daß ich ihn vorher einmal zu oft verpetzt hatte. Ich habe keine Ahnung, was er vielleicht gesagt hätte. Was ich nicht sagte, über die kurze Distanz hinweg, die unsere beiden Betten trennte, war, daß ich nicht begriff, wie uns das hatte geschehen können. Es erschien wie ein Irrtum. Und Irrtümer sollten richtiggestellt werden, nur bei diesem ging das nicht. Zwischen dem, wie die Dinge früher gewesen waren, und dem, wie sie jetzt waren, lag eine Kluft, die nicht überbrückbar war. Ich mußte eine Erklärung finden, eine andere als die naheliegende, die besagte, daß wir nicht weniger anfällig gegen Schicksalsschläge waren als alle anderen auch, und dabei kam mir immer wieder der Gedanke, vielleicht aufgrund der Wanderungen durchs Haus mit meinem Vater, ich sei aus Versehen durch eine Tür gegangen, durch die ich nicht hätte gehen sollen, und nun könne ich nicht mehr dorthin zurück, von wo ich gar nicht hatte wegwollen. Tatsächlich aber war es umgekehrt: ich war nirgendwohin gegangen, und nichts hatte sich verändert, was das Dach über unserem Kopf betraf, nur daß sie jetzt auf dem Friedhof lag.

Wenn ich aus der Schule nach Hause kam, tat ich, was ich immer getan hatte, nämlich lesen: zusammengekauert auf der Fensterbank in der Bibliothek oder flach auf dem Rücken auf dem Fußboden liegend, die Füße auf einem Stuhl, in der dunkelsten Ecke, die ich finden konnte. Das Haus bot eine Fülle von Orten zum Lesen, die wie für mich geschaffen waren, und ich las dieselben Bücher wieder und wieder. Kinder holen sich gern Trost und Zuspruch aus dem Wohlvertrauten – einem Schirmständer, einem gläsernen, mit bunten Zigarrenbanderolen hinterlegten Aschenbecher, dem Feuerhaken, irgend etwas. Mit Hilfe dieser und anderer alltäglicher Dinge, mit Hilfe der beiden großen Ulmen, die das Haus vor der Sonnenglut schützten, und des wilden Weins an der Hintertür und des weißen Fliederbusches am Eßzimmerfenster und der bequemen Rohrstühle und der Schaukel auf der Veranda, die mit ihrem *quietsch … quietsch …* zu den Geräuschen der Sommernacht beitrug, schaffte ich es von einem Tag zum nächsten.

Mein Vater schaffte es von einem Tag zum nächsten, indem er gewissenhaft seinem Beruf nachging. Er war Generalvertreter einer kleinen Feuerversicherungsgesellschaft für den Staat Illinois und reiste herum, schätzte Risiken ab und pflegte die Freundschaft mit den örtlichen Vertretern, damit sie seiner Gesellschaft mehr Aufträge einbrachten. Am Samstagmorgen saß er in der Bibliothek und machte auf jeden Prüfzettel, den er überflogen hatte, ein Häkchen, und wenn er einen Stapel beisammenhatte, gab er ihn mir, und ich saß dann auf dem Boden, ordnete die Zettel alphabetisch nach Städten und war stolz, daß ich ihm behilflich sein konnte. Jeden Dienstagmorgen ging er mit einer schweren Reisetasche voll Formularen weg und kam am Freitagnachmittag zurück in ein Haus, in dem es wimmelte von Problemen, mit denen sich zu befassen er nicht gewohnt war. Seine Traurigkeit war klaglos und ohne Hoffnung. Er schlief weiterhin in dem Bett, das er und meine Mutter geteilt hatten, und versuchte, sich so zu verhalten, wie sie es von ihm erwartet hätte, aber ich vermute, daß er mit der Zeit immer weniger wußte, wie das war. Er gab ihren Schmuck und, bedeutungsvoller für mich, ihre Kleider weg, so daß ich ihren Schrank nicht mehr aufmachen und sie anschauen konnte.

Ich bekam mit, wie ein Freund der Familie nach dem anderen ihm versicherte, die Zeit heile alle Wunden; und obgleich er antwortete, »Ja, ich weiß«, hörte ich am Ton, daß er ihnen nicht glaubte. Einmal in der Woche zog er alle Uhren im Haus auf, als erstes stets die Standuhr in der Diele. Ihr kleiner und ihr großer Zeiger drehten verläßlich ihre Runden, und das Licht draußen bestätigte, was sie anzeigten: es war Frühstückszeit, es war später Nachmittag, es war Nacht, und die Dunkelheit drängte gegen die Fensterscheiben. Was die Freunde der Familie sagten, stimmt. Für einige Menschen. Für andere drehen sich die Uhrzeiger bis in alle Ewigkeit und heilen nichts. Ich weiß nicht, wie mein Vater seinen Kummer überwand. Ich weiß bloß, daß es länger als ein Jahr dauerte, bis sein Gesicht wieder Farbe bekam und er wieder lächelte, wenn jemand etwas Lustiges sagte.

Wenn die Leute von meiner Mutter sprachen, dann stets sehr allgemein – ihre wunderbaren Eigenschaften, ihre Gabe, die Menschen um sich herum glücklich zu machen und so weiter –, dabei erfuhr ich nichts, was ich nicht schon gewußt hätte. Es war, als könnten sie sie nicht mehr deutlich sehen nach dem, was ihr zugestoßen war. Und uns. Sie hatte sich nie gern fotografieren lassen, und alles, was wir hatten, waren ein paar Schnappschüsse und eine offizielle Fotografie, die aufgenommen worden war, als sie Anfang Zwanzig war, mit hochgestecktem Haar und ein schwarzes Samtband um den Hals. Sie war erst achtunddreißig, als sie starb, aber sie war ziemlich dick geworden, in jener Zeit neigten Frauen dazu. Was den Mund und die sanften braunen Augen anging, bestand kein Zweifel. Den Rest erkannte ich nicht wieder, obwohl ich gern glauben wollte, daß sie einmal so ausgesehen hatte. Das Bild stellte auch meinen Vater nicht zufrieden, und er beauftragte den Fotografen, der es aufgenommen hatte, es zu retuschieren, damit sie mehr wie eine reife Frau aussah. Das Ergebnis zeigte etwas, wovon ich ganz sicher war, daß meine Mutter so nie ausgesehen hatte – verschwommen und verklärt und als erinnere sie sich nicht einmal mehr daran, wer wir waren. Meine Mutter regte sich manchmal auf und geriet aus dem Häuschen, nicht aber diese Frau, die zu früh starb und einen schmerzerfüllten Mann und drei mutterlose Kinder zurückließ. Das retuschierte Foto drängte sich zwischen mich und das Gesicht, an das ich mich erinnerte, und es fiel mir zunehmend schwer, mir meine Mutter so vorzustellen, wie sie wirklich gewesen war. Später konnte ich mich nur noch ganz vage daran erinnern, wie sie ausgesehen hatte, aber ich erinnerte mich noch an ihre Stimme, und daran klammerte ich mich. Ich klammerte mich zudem an den Gedanken, daß die Dinge, wenn sie genauso blieben, wie sie waren, und wir darauf achteten, keinen Schritt irgendwohin zu tun, der uns von dem Ort entfernte, an dem wir uns im Augenblick befanden, daß die Dinge dann irgendwie wieder so werden würden, wie sie vor ihrem Tod gewesen waren. Ich wußte, daß das keine logische Überlegung war, aber die Alternative – wenn jemand stirbt, ist er ein für allemal fort, und ich sähe meine Mutter nie wieder – war mehr, als ich damals und lange Zeit danach ertragen konnte.

Als mein Vater alt war, überraschte er mich mit der Bemerkung, er habe verstanden, was der Tod meiner Mutter für mich bedeutete, habe aber nicht gewußt, was er tun solle. Ich glaube, es hätte schon geholfen, wenn er einfach das gesagt hätte. Er tat es nicht, weil er wahrscheinlich meinte, weder er noch irgend jemand anders könne etwas tun. Oder vielleicht dachte er, ich würde jede Hilfe zurückweisen, die er mir zu geben versuchte. Als Kind hatte ich manchmal Ohrenschmerzen, und dann ging ich zu ihm und bat ihn, mir Zigarrenrauch ins Ohr zu blasen. Er hörte auf zu reden, zog mich an sich und hauchte, wobei seine Lippen fast mein Ohr berührten, den warmen Rauch hinein. Das Mittel war so gut wie jedes andere, aber es bedeutete körperliche Nähe. Eines Abends – ich weiß nicht mehr, wie alt ich war, vielleicht fünf oder sechs – war es an der Zeit, zu Bett zu gehen, ich gab meiner Mutter wie üblich einen Gutenachtkuß und ging dann zu meinem Vater, und als ich mich zu ihm neigte, sagte er, dafür sei ich nun zu alt. Nach den Maßstäben jener Zeit und jenes Ortes war ich es wohl, aber ich hätte es trotzdem gewollt. Und wie sollte ich die Gefühle, die ich für ihn empfand, jetzt ausdrücken? Er sagte es mir nicht, weder damals noch später. In diesem Augenblick veränderte sich meine Haltung ihm gegenüber, ich wurde wachsam und verschlossen.

Überall in der Neunten Straße lebten Kinder, mit denen ich spielen konnte, und manchmal tat ich das auch, aber lieber spielte ich allein. Am schönsten Frühlingstag des Jahres blieb ich zu Hause und las *Ticktack von Oz*. Und wenn ich genug gelesen hatte, schloß ich mich in ein verdunkeltes Zimmer ein und spielte mit meinem Ansichtskartenprojektor oder dem Puppentheater, das ich mir aus Hemdenkartons gebastelt hatte. All das machte meinem Vater Sorgen, weil ich nicht genügend an die frische Luft kam, und wenn ich mich weiter für solche Sachen interessierte, wovon in aller Welt sollte ich mich später einmal ernähren? An diesem Gedanken war nichts komisch oder abwegig. Wir sind, was wir sind, und er war Geschäftsmann, und seiner Vorstellung nach konnte man nichts Besseres sein. Ab und zu erhob er die Hand gegen eines meiner kunstvollen Phantasiegebilde, und ich mußte die Scherben aufsammeln und mich irgendwohin zurückziehen, wo er nicht war, um mich wieder aufzuheitern. Wenn er ungeduldig mit mir redete oder in einem Ton, der mir schroff vorkam, konnte ich die Tränen nicht zurückhalten, was seinen Ärger noch vergrößerte. Wandte er sich ab, hatte ich das Gefühl, er wolle nichts mehr mit mir zu tun haben. War ich denn nicht der kleine Junge, den er sich wünschte? Auch das sagte er nicht. Schon für Erwachsene ist es schwer genug, ihre emotionalen Reaktionen einigermaßen im Gleichgewicht zu halten. Kinder empfinden einfach, was sie empfinden, und ich wußte, daß ich nicht der Liebling meines Vaters war.

Beide waren wir Geschöpfe unserer Zeit. Ich bezweifle, daß es das »Der-hundertprozentige-Geschäftsmann-Vater-und-der-übersensible-Künstler-Sohn«-Syndrom noch gibt. Väter sind gefühlvoller geworden und küssen ihre erwachsenen Söhne, wenn ihnen danach ist, und wer weiß schon, was übersensibel ist, wenn man bedenkt, wofür alles man sensibel zu sein hat.

Als genügend viele Monatsblätter vom Kalender abgerissen waren und die Freundinnen meiner Mutter meinten, sie könnten meinen Vater zu ihren Abendgesellschaften einladen, taten sie es. Und er machte sich fein und ging hin. Sie spielten natürlich Ehestifter, und wie alle Ehestifter hatten sie unterschiedliche Beweggründe. Ich bezweifle, daß er ihre Hilfe nötig hatte. Er war erst Anfang Vierzig und hatte immer gut ausgesehen und die Frauen gemocht, und es wäre merkwürdig gewesen, wenn er keine gefunden hätte, die geneigt gewesen wäre, ihn zu lieben. Ich hatte nicht die geringste Vorstellung von den sexuellen und gefühlsmäßigen Bedürfnissen eines Mannes seines Alters. Er war einfach mein Vater, und ich nahm an, er werde den Rest seines Lebens »dem Andenken meiner Mutter treu« bleiben – wie ich es die Erwachsenen nennen hörte.

Er führte sein gesellschaftliches Leben, und ich führte meines. Unsere Schulklasse beschloß, ein Halloween-Fest zu feiern, und es erhob sich die Frage, wo es stattfinden solle. Ich bot unser Haus an, und das Angebot wurde angenommen. Als ich es meinem Vater erzählte, schüttelte er zweifelnd den Kopf und fragte, was ich denn vorhätte. Ich sagte, ich wolle einen Kürbis aushöhlen und ein paar Maisstauden im Wohnzimmer verteilen. Er hielt das Fest für keine gute Idee, es bedeutete Mehrarbeit für die Haushälterin, und beim nächstenmal sollte ich besser erst um Erlaubnis fragen. Da ich mich aber festgelegt hatte, durfte ich weitermachen, vorausgesetzt, das Fest beschränkte sich auf das leere Zimmer des Hausmädchens und man benutzte die Hintertreppe. Meine Mutter war nicht da, um ihm zu sagen, daß das unmöglich war, und deswegen wurde es so gemacht. Entsetzlich verlegen führte ich die Lehrerin und meine Klassenkameraden durch Zimmer, die hell erleuchtet und sonst immer so gastlich gewesen waren, durch das Eßzimmer zur Anrichte und die enge, wenig einladende Hintertreppe hinauf. Niemand schien das in irgendeiner Weise seltsam zu finden. Ich glaube nicht, daß es ein großartiges Halloween-Fest war. Was mir all die Jahre im Gedächtnis geblieben ist, ist eine Szene, die sich neben dem Wäschekorb in der rückwärtigen Diele abspielte. Die Lehrerin war als »Opfer« ausgewählt worden, und sie setzte sich auf einen Stuhl und erlaubte, daß man ihr die Augen verband. In diesem Augenblick ließ mich eine vage Vorstellung von gutem Benehmen zögern. Ich winkte einem Mädchen, das meinen Platz einnahm. Als die Lehrerin die Binde von den Augen entfernte, lächelte sie erfreut, weil ein Junge – weil sie meinte, ein Junge habe sie geküßt.

Als mir mein Vater sagte, daß er wieder heiraten werde, ging er dabei so behutsam vor, wie es ihm möglich war. Er erwartete keine Einwände von mir und hätte sich, falls ich welche gehabt hätte, auch nicht von seinem Vorhaben abbringen lassen.

Ein oder zwei Jahre zuvor, als ich an einem Sommertag gerade lustlos um das Caddiehaus des Country-Clubs herumschlenderte, erblickte ich etwas, was ich nicht begriff. Zuerst dachte ich, es sei irgendein fremdartiges Tier. Dann wich ich entsetzt zurück. Was ich sah, war eine Schlange, die dabei war, einen Frosch zu schlucken, der zu groß war und nicht hinunterwollte. Ebensowenig wollte ich den Gedanken schlucken, eine andere Frau werde nicht nur auf dem Platz meiner Mutter am Mittagstisch sitzen, sondern auch ihren Platz im Herzen meines Vaters einnehmen.

Ein mutigerer Junge wäre vielleicht von zu Hause weggelaufen oder hätte Ärger mit der Polizei bekommen, aber ich saß da und steckte die Nase in ein Buch, um nicht über Dinge nachdenken zu müssen, die mir nicht paßten, die ich aber nicht verhindern konnte. Wenn die Zeit reif wäre, würde es nicht genügen, daß ich oder vielmehr mein älterer Bruder, mein jüngerer Bruder und ich durch jene Tür in den Zustand zurückschlüpften, in dem die Dinge waren wie immer: meine Mutter würde von uns erwarten, daß wir meinen Vater mitbrächten. Aber wie konnten wir das, wenn er mit einer anderen Frau verheiratet war?

Wir hatten uns aus unserer festgesetzten Position fortbewegt, und nun gab es keine Möglichkeit mehr, in den Zustand zurückzukehren, in dem die Dinge sich vor ihrem Tod befunden hatten. Ich konnte nicht sagen, ob das bedrückende Gefühl in meiner Brust mit dem zu tun hatte, was vielleicht geschehen würde, oder mit dem, was bereits geschehen und unabänderlich war.

Der Kindergarten, den Miss Lena Moose und Miss Lucy Sheffield leiteten, befand sich im ersten Stock eines Hauses gleich neben dem Platz vor dem Gerichtsgebäude, und die junge Frau, die meine Stiefmutter wurde, ging jeden Morgen um neun Uhr von Haus zu Haus und sammelte die Kinder ein. Wenn wir alle beisammen waren, spazierte sie mit uns in die Stadt. Sie muß damals Anfang Zwanzig gewesen sein. Als Kind hatte sie in der Neunten Straße gewohnt, aber jetzt wohnte sie nicht mehr da. Als wir am Tag der Beerdigung meiner Mutter mittags ins Eßzimmer kamen, war sie da. Ich setzte mich an den Tisch, konnte aber nicht essen. Meine Kehle war vom Weinen zugeschnürt. Sie trat hinter meinen Stuhl, redete mit mir und drängte mich, etwas von der gebackenen Kartoffel auf meinem Teller zu essen. Ihr zuliebe, weil sie jung und hübsch war und weil ich sie immer gemocht hatte, schaffte ich es. Den Geschmack dieser gebackenen Kartoffel habe ich mein ganzes Leben lang in Erinnerung behalten.

In Märchen wird die Ankunft einer Stiefmutter immer als Unglück dargestellt. Das geschieht wahrscheinlich nicht wegen der vielen zweiten Ehefrauen, die die Kinder aus der ersten Ehe ihres Mannes lieblos behandelten, obwohl sich dafür Beispiele finden ließen, vielmehr liegt es an der grundsätzlichen Feindseligkeit der Kinder einem Außenseiter gegenüber. Wenn der Vater sich also wiederverheiratet, stellt das nicht nur einen Betrug an der toten Mutter, sondern auch an ihnen dar, gleichgültig, wie nett die Stiefmutter auch ist.

Welch seltsame und unwahrscheinliche Dinge werden doch ans Gestade der Zeit gespült. In meinem Besitz befindet sich ein abgegriffenes Fotoalbum mit Schnappschüssen von meiner Stiefmutter als junger Frau. Sehr hübsch und sanft war sie, mit Pelzmuff, breitrandigem Hut und Röcken bis fast zum Boden. Es gibt Bilder von ihr mit Freundinnen, mit ihrer Mutter und ihrer Schwester, mit dem einen oder anderen ihrer vier Brüder, mit älteren Verwandten auf der vorderen Veranda eines Jahrhundertwendehauses in, ich glaube, Boston. Es gibt, aufgenommen von einem Fotografen aus dem Ort, zwei Gruppenfotos von einem Maskenfest – eines mit Masken und eines ohne, so daß man sehen kann, wer der Pirat, der Clown, die Colombine und so weiter waren. Die meisten Leute darauf kannte ich als Kind und Jugendlicher. Und noch mehr Bilder von meiner Stiefmutter: in Washington, D.C., während des Ersten Weltkriegs mit einem schmalgesichtigen Mann in Armeeuniform, in den sie damals verliebt war, den sie aber nicht heiratete; dann wieder in Lincoln, mit dem Baby ihrer Schwester auf dem Arm und so weiter. Was für hübsche Kleider. Was für schöne Autos. Was für herrliche Zeiten.

Am Anfang und am Ende des Albums, offenbar an leere Stellen geklebt, denn sie passen nicht in die Reihenfolge, findet sich ein Dutzend Fotos von meinem Vater. Von einem Foto abgesehen, auf dem er als Angler abgelichtet ist – sein Fang liegt auf einem Felsen neben ihm ausgebreitet –, ist er immer nur in einer Gruppe von Leuten zu sehen. Er hält einen Golfschläger in der Hand. Oder er raucht Pfeife. Oder er hat eine Badehose an, einen Arm um die Taille meiner Stiefmutter und den anderen um eine Frau gelegt, die ich nicht kenne.

Und wenn ich diese verblichenen Schnappschüsse betrachte, wird mir klar, vielmehr wird dem Kind, das in mir weiterlebt, mit einem Schlag klar, daß – ich alt genug bin, der Vater jenes Mannes zu sein, der nun schon fast zwanzig Jahre tot ist, und dennoch quält es mich noch immer, daß er glücklich war. Warum? In irgendeiner Weise stellte sein Glück damals (und nach wie vor, so scheint es) eine Bedrohung für mich dar. Es war nicht die Art Glück, in die Kinder einbezogen werden, aber warum sollte mich das heute noch quälen? Ich beginne nicht einmal, das zu begreifen.

Wenn ich es durch irgendeinen übernatürlichen Taschenspielertrick zuwege gebracht hätte, meine Mutter vom Friedhof zurückzuholen, und wenn wir weiter so wie früher gelebt hätten, dann hätten wir uns auf einer Insel im Strom der Veränderung wiedergefunden, denn es war das Jahr 1921, und die Frauen hatten angefangen, sich die Haare abzuschneiden und den Rocksaum überm Knie zu tragen und in aller Öffentlichkeit Gin aus silbernen Fläschchen zu trinken. Ab und zu trank eine zuviel und mußte nach Hause gebracht werden. Es gab vieles, worüber die Klatschtanten den Kopf schüttelten. Verglichen mit dem, was danach kam, erscheinen die zwanziger Jahre im großen und ganzen als eine bezaubernde, sorgenfreie Zeit. Was aber die guten Manieren betrifft, so waren sie der Anfang vom Ende. Wenn meine Mutter sonntags morgens mit meinem Vater ausritt, ritt sie im Damensitz (man bedenke!) und kam aus dem Haus und die Treppe herunter in einem Hosenrock, der über den zementierten Weg schleifte. Ich versuche, sie mir mit Bubikopf und kniefreiem Rock vorzustellen, und scheitere vollkommen.

Es war noch möglich zu glauben, so wie mein Vater es tat, daß die Gegenwart in jeder Hinsicht ein Fortschritt gegenüber der Vergangenheit sei und daß die Zukunft zweifellos noch befriedigender sein werde. Er hielt viel davon, mit der Zeit zu gehen. Als die Prohibition eingeführt wurde, erklärte er sich bereit, dem Gesetz zu gehorchen und das Trinken aufzugeben, womit er ein Glas Bier oder einen Schluck Bourbon in männlicher Runde meinte. Als sich herausstellte, daß andere das nicht taten, brannte er seinen eigenen Gin und kaufte wie seine Freunde fuseligen Whiskey von einem Schmuggler namens »Windhund Johnny«.

Bei einer Gelegenheit aber schoß er übers Ziel hinaus. Freitags nachmittags besuchte ich einen Tanzkurs und schob Mädchen im Onestep-, Foxtrott- und Walzertakt herum. Sie hielten angemessen Abstand, die Rücken steif wie Besenstiele, die Mienen abweisend. Die Lehrerin war jung und lebhaft und knapp einen Meter fünfzig groß, sie hatte also meine Größe, obwohl sie Schuhe mit sehr hohen Absätzen trug. Donnerstags abends gab es einen Kurs für Erwachsene, den mein Vater und meine Stiefmutter besuchten, bevor sie heirateten. Eines Abends tanzten sie Wange an Wange einen neuen Tanz, den sie zu Hause eingeübt hatten. Er hieß Toddle, und alle hörten zu tanzen auf und sahen ihnen zu, und die Tanzlehrerin forderte sie mit puterrotem Gesicht auf, die Tanzfläche zu verlassen.

Es ist typisch für meinen Vater, daß er sich zwar über sie ärgerte und nie mehr hinging, mich aber nicht aus dem Kinderkurs nahm. Am Freitag nachmittag hielt mich die Tanzlehrerin zurück, nachdem die anderen Jungen und Mädchen gegangen waren. Sie steckte in Schwierigkeiten, obwohl sie nicht genau sagen wollte, worin sie bestanden. Spürte sie, daß ich mehr oder weniger auf ihrer Seite stand und sonst eigentlich niemand? Sie hatte das Richtige getan, ohne groß darüber nachzudenken, daß die zwei Betroffenen aus guter Familie stammten, sie aber eine geschiedene Frau war, die für zwei kleine Kinder zu sorgen hatte und fremd in der Stadt war. Vielleicht wußte sie wirklich nicht, wer aus guter Familie stammte und wer nicht. Sie tat mir leid, wie mir jeder in Tränen aufgelöste Mensch leid getan hätte. Und ich kam mir illoyal gegenüber meinem Vater vor, wie ich dastand und mir anhörte, was sie über ihn sagte. Und war verlegen, weil er Gegenstand eines Skandals war.

Eines der Dinge, die meine Mutter an meinem Vater liebte, war, daß er von Natur aus musikalisch war. In der Hoffnung, daß sich dieses Talent vielleicht vererbt hatte, ließ sie meinen älteren Bruder Klavierstunden bei einer Nonne nehmen, die an der katholischen Schule Musikunterricht gab. Als ich sechs war, ging ich mit ihm zu dem Haus, in dem die Nonnen wohnten, zu meiner ersten Musikstunde. Schwester Mary Anise zeigte mir, wo ich die Finger auf die Tasten legen mußte, und ich sah zu ihren Zähnen auf, die schrecklich schief gewachsen waren, und brach in Tränen aus. Sie sagte meinem Bruder, er solle mich wieder mitbringen, wenn ich sieben sei – da hatte sie mittlerweile falsche Zähne, die nicht schief waren, und ich konnte zu ihr aufschauen, ohne die Fassung zu verlieren. Ich war nicht musikalisch und wollte nicht üben. Mir gefielen jedoch die Lebensgeschichten der Komponisten, die einzeln in Form von ungebundenen Druckseiten, die man falten und am Rücken zusammenheften mußte, verteilt wurden, dazu ein perforiertes Blatt mit Bildern, die an den entsprechenden Stellen einzukleben waren. Im ersten dieser Hefte las ich, wie Johann Sebastian Bachs böser älterer Bruder neidisch auf dessen Talent war und ihm den Zugang zu der Musik verwehrte, die ihm gefiel, deswegen stand er in der Nacht auf, schrieb sie bei Mondlicht ab und verdarb sich dabei die Augen. Ich schloß den jungen, ungerecht behandelten Johann Sebastian Bach ins Herz und nach ihm Händel und seine Wassermusik und Haydn und Mozart und Beethoven und Schubert und Schumann und Mendelssohn und Wagners Opern und die klassische Musik ganz allgemein. Mein Klavierspiel wurde davon nicht besser. »Moll«, rief meine Mutter aus dem Nebenzimmer, wenn ich zu Hause übte. »E-Moll, nicht E-Dur.« Und ich stand vom Klavierhocker auf und sah auf die Uhr in der Diele.

Auf dem Klavier im Wohnzimmer stand der kleine Plattenspieler meines Vaters, und wenn er nach dem Mittagessen eine neue Platte zwei- oder dreimal abspielte und dabei auf die Akkorde achtete, hatte er es heraus, und sie saßen. Er spielte Ragtime und Lieder aus den Musicals von damals. Er hatte einen schönen Anschlag, und die Leute hörten ihm gern zu. Eines Tages setzte er sich mit mir ans Klavier und versuchte, mir beizubringen, wie man nach Gehör spielt. Ich verstand kein Wort von dem, was er mir sagte.

Es machte ihm kein Vergnügen zu hören, wie ich das »Gebet des Hirtenknaben« klimperte, zudem wollte er, daß ich mich seiner Art Musik zuwandte, und so nahm er mich, als ich zwölf war, ohne mich nach meiner Meinung zu fragen, von Schwester Mary Anise und Bach und Händel und Haydn fort und ließ mich Stunden bei einer jungen, verheirateten Frau nehmen, die in der katholischen Kirche Orgel spielte und die beste Freundin meiner Stiefmutter war. Das Stück, das sie mich auf Vaters Vorschlag lernen ließ, war »Alice' blaues Kleid«. Ich mochte sie, aber langsam entwickelte ich einen tiefen Abscheu vor diesem faden Lied, das ich Woche für Woche ausschließlich spielte. Ich machte keine Fortschritte. Ich hatte ein kleines Fleckchen entdeckt, auf dem ich mich meinem Vater widersetzen konnte, ohne offen ungehorsam zu sein.

Weil er die Trauerzeit einhalten wollte, die damals ungefähr drei Jahre dauern mußte, sonst gab es Gerede, warteten er und meine Stiefmutter. Sie war eine Zeitlang in Kalifornien, und wenn ich zu meiner Musikstunde ging, wurde mir meistens ein dicker Umschlag ausgehändigt, der per Post, adressiert an meine Musiklehrerin, in einem anderen Umschlag angekommen war. Niemand erklärte mir, daß so verfahren wurde, damit die Haushälterin den Brief nicht über Dampf öffnen und seinen Inhalt lesen konnte; statt dessen tat man so, als sei es das Normalste in der Welt, daß ein zwölfjähriger Junge seinem Vater einen Liebesbrief mit nach Hause bringt.

Der Grund, weswegen das Leben so sonderbar ist, liegt oft darin, daß man keine Wahl hat, aber in diesem Fall, glaube ich, war auch Bequemlichkeit mit im Spiel: ich meine, mein Vater hätte ein Postfach mieten können. Vielleicht aber schreckte ihn der Gedanke, daß die Leute, die ihn beim Postamt ein und aus gehen und Post abholen sähen, sehr schnell erraten könnten, warum er das tat. So hatte er, kurz gesagt, keine Wahl, ebensowenig beim Verkauf des Hauses, das so voller Erinnerungen an meine Mutter steckte. Innerhalb von zwei oder drei Wochen, nachdem er es zum Verkauf angeboten hatte, wurde es von einem Mann erworben, der von der Landwirtschaft genug hatte und in der Stadt leben wollte. Eines Tages, als ich in der Schule war, kamen die Umzugsleute, und die Möbel, die mein Vater nicht hatte verkaufen oder verschenken können, landeten in einem viel kleineren Haus, das er in einer ungepflasterten Straße nahe am Stadtrand gemietet hatte.

Ich ging nach der Schule direkt zu dem neuen Haus. Als Erwachsener stand ich oft vor dem alten Haus und betrachtete es, aber ich habe es nie mehr betreten seit jenem Tag, an dem viele von den Dingen, an die ich mich erinnere und die ich gern wiederhätte, spurlos verschwanden: viktorianische Nußbaumsofas und -stühle, an deren Knäufen und Schnörkeln meine Finger geistesabwesend entlanggefahren waren, Mahagonitische, abgetretene Orientteppiche, goldgerahmte Spiegel, Bilder, große quadratische Bücher voller Fotografien, die ich in- und auswendig kannte. Wenn sie nicht damals verschwunden wären, dann bei irgendeiner anderen Gelegenheit, denn das Leben ist nun einmal, wie Ortega y Gasset irgendwo sagt, von Natur aus ein ewiger Schiffbruch.

Das gemietete Haus stand auf einem Grundstück, das nicht der Rede wert war, die Treppe vor dem Haus war drei Meter vom Bürgersteig entfernt, und unser Haus und das Haus daneben waren identisch. Die Bisse, die mich nachts weckten, stammten von Wanzen, die hinter einer losen Tapetenecke versteckt waren, und der Kammerjäger nahm sich ihrer an. Mein Vater dachte wahrscheinlich, es sei nicht so wichtig, wie das Haus aussah, weil wir sowieso nicht dort bleiben würden. Vielleicht gab es zu dem Zeitpunkt auch nichts Besseres. Ich stand da und verglich immer wieder die beiden gleichen Häuser, Detail für Detail, so wie man den Rapport auf einer Tapete vergleicht und hofft, irgendeine kleine Abweichung zu finden. Ich vermißte das alte Haus nicht so sehr, vielmehr strich ich es völlig aus meinem Gedächtnis. Wir hatten einen sozialen Abstieg erlebt, und da konnte man wohl nichts anderes tun, als das Beste daraus zu machen. Die Neunte Straße erweckte den Eindruck, als existierte sie schon seit Anbeginn der Zeit. Generationen von Kindern waren dort aufgewachsen, hatten ihre Fahrräder abgestellt, wo die Leute darüber fallen konnten, hatten Laubhütten gebaut, waren auf Bäume geklettert und hatten an Sommerabenden Fangen gespielt. Die ungepflasterte Straße, in der wir jetzt wohnten, hatte keine Vergangenheit und keine Zukunft, nur eine trübe Gegenwart, in der es schwer war, sich zu irgend etwas aufzuraffen.

Eines Abends im Oktober schritten mein Vater und Grace McGrath im Haus ihrer Schwester die Treppe herunter und wurden auf dem Treppenabsatz von dem katholischen Priester getraut, der sie nicht in der Kirche trauen konnte, weil mein Vater Protestant war. Als einziger unter den Anwesenden war ich jünger als dreißig. Mein älterer Bruder war auf dem College, mein jüngerer Bruder schlief in seinem Bettchen. Nun war der Augenblick gekommen, die Tür zu vergessen, durch die ich achtlos hindurchgegangen war, und die Kluft, die manchmal in Träumen überbrückt werden konnte, und den Zustand, in dem sich die Dinge befunden hatten, als meine Mutter noch lebte. Statt dessen klammerte ich mich noch fester daran als je zuvor, auch als ich wohl oder übel in das neue Leben meines Vaters hineingezogen wurde.

3

Das neue Haus

Fast alle Kleinstädte im Herzen von Illinois verdanken ihre Existenz dem Bau der Eisenbahnlinien in den zehn Jahren vor dem Bürgerkrieg. Ich hatte immer den Eindruck, Lincoln unterscheide sich irgendwie von den anderen, aber vielleicht dachte ich das bloß, weil ich dort wohnte. In Lincoln, der Distrikthauptstadt, gab es zwei Kohlebergwerke, die jetzt stillgelegt sind. Größere Fabriken hatten sich nie dort angesiedelt, und seinen bescheidenen Wohlstand verdankt es dem umliegenden Ackerland. Im Jahr 1921 hatten die schattenspendenden Bäume, die überall die Straßen in den Wohngegenden säumten, bereits ihre volle Größe erreicht und ließen die Stadt älter erscheinen, als sie wirklich war. Es war nicht leicht zu sagen, wann die Häuser erbaut worden waren, weil ihr wahres Alter oft durch spätere Zutaten verwischt war, und so wirkten sie zeitlos und so untrennbar mit den Menschen verbunden, die in ihnen wohnten, wie deren Stimmen oder Namen oder die Art und Weise, wie sie ihr Haar kämmten.

Mein Vater fand fast alles Alte bedrückend, besonders aber alte Häuser mit hohen Decken und seltsam proportionierten Räumen, die ineinander übergingen und einen reizvollen Durchblick boten, in den rauhen Wintern von Illinois aber mit großen Mengen Kohle geheizt werden mußten. Da er alldem durch eigenes Bauen zu entgehen gedachte, kaufte er eine Doppelparzelle in Park Place, einem erst vor so kurzer Zeit erschlossenen Stück Land, daß die Bäume darauf nur eineinhalb Meter hoch waren und gegen den Nordwind an Pfähle gebunden werden mußten. Bis auf zwei standen alle Häuser auf der rechten Seite der Straße gegenüber einer Viehweide, die bis heute, glaube ich, nicht bebaut ist. Die Grundstücke waren schmal, und die Häuser standen viel enger nebeneinander als im alten Teil der Stadt, aber den Eingang zur Straße bildete ein eindrucksvolles Backsteintor, und in der Mitte war eine Grünfläche angelegt, und es war Mode, dort zu wohnen. Im heutigen Lincoln ist es Mode, weit draußen auf dem Land, inmitten von Maisfeldern, zu wohnen.

Mein Vater und meine Stiefmutter hatten in Bloomington ein stuckverziertes Haus gesehen, das ihnen gefiel, und sie beauftragten einen Architekten, das Äußere zu kopieren, und bastelten dann zu dritt an der Innenaufteilung herum, bis sie zufrieden waren. Man zeigte mir auf den Blaupausen, wo mein Zimmer sein sollte. In kurzer Zeit war das Betonfundament gegossen und der Rohbau errichtet, und man konnte die tatsächliche Größe und Form der Zimmer erkennen. Oft ging ich nach der Schule hin und schaute den Zimmerleuten beim Hämmern zu: *pang, pang, pang, kapang, kapang, kapang, kapang*... Vielleicht errieten sie, daß ich nur darauf wartete, daß sie ihr Handwerkszeug nähmen und nach Hause gingen, damit ich auf dem Gerüst herumklettern konnte, aber sie sagten mir nicht, daß ich das nicht dürfe, sie nahmen vielmehr überhaupt keine Notiz von mir. Und wie ich so von einem Zimmer ins andere spazierte, durch die Wände statt durch die Türen, oder aufschaute und den blauen Himmel durch die Dachsparren sah, da hatte ich das angenehme Gefühl, einen Weg gefunden zu haben, wie ich mich über die Gegebenheiten hinwegsetzen konnte.

Wenn ich durch das Museum of Modern Art schlendere und auf die Skulptur *Palast um vier Uhr morgens* von Alberto Giacometti stoße, bleibe ich immer stehen und sehe sie mir an – teils weil sie mich an das neue Haus meines Vaters in seinem unfertigen Zustand erinnert, teils weil sie so schön ist. Sie ist ungefähr siebzig Zentimeter hoch und genügend bekannt, so daß ich sie wohl nicht zu beschreiben brauche. Wie auch immer, sie ist aus Holz und hat keine festen Wände, nur dünne senkrechte und waagrechte Balken. Ein klassischer Giebel und ein Turm sind angedeutet. In einem Zimmer ganz oben im Palast fliegt ein seltsam aussehendes Wesen mit einem verstellbaren Schraubenschlüssel als Kopf herum. Ein Vogel? Eine Kreuzung aus Ballettänzer und Flugechse? Darunter, in einer Art freistehendem Schrank, befindet sich die Wirbelsäule irgendeines Tieres. Links davon, gestützt von drei grauweißen Parallelogrammen, so etwas wie eine eindrucksvolle weibliche Gestalt oder eine von den wichtigeren Figuren eines Schachspiels. Und ungefähr an der Stelle, die ein Basketballring einnähme, eine senkrechte, ausgekehlte spatelartige Form mit einem Ball davor.

Das Ganze ist schrecklich karg und merkwürdig, aber nicht merkwürdiger als der Bericht des Künstlers über seine Entstehung: »Dieses Objekt nahm ganz allmählich im Spätsommer des Jahres 1932 Gestalt an; es offenbarte sich mir langsam, indem die verschiedenen Teile ihre exakte Gestalt und ihren genauen Platz innerhalb des Ganzen erhielten. Bis zum Herbst hatte es solche Realität erlangt, daß seine tatsächliche räumliche Ausführung nicht mehr als einen Tag in Anspruch nahm. Es bezog sich ohne jeden Zweifel auf einen Abschnitt in meinem Leben, der ein Jahr zuvor zu Ende gegangen war, nachdem ich sechs ganze Monate lang Stunde um Stunde in Gesellschaft einer Frau verbracht hatte, die, indem sie alles Leben in sich sammelte, jeden Augenblick meines Lebens magisch verwandelte. Jede Nacht errichteten wir einen phantastischen Palast – die Tage und Nächte waren von derselben Farbe, als geschehe alles kurz vor Tagesanbruch; die ganze Zeit hindurch sah ich nie die Sonne –, einen sehr zerbrechlichen Palast aus Streichhölzern. Bei der geringsten falschen Bewegung stürzten ganze Teile dieses winzigen Baus ein. Immer wieder begannen wir ihn von neuem. Ich weiß nicht, wie es kam, daß sich plötzlich eine Wirbelsäule in einem Käfig darin befand – die Wirbelsäule, die diese Frau mir in einer der allerersten Nächte, in der ich ihr auf der Straße begegnet war, verkauft hatte – und einer der Skelettvögel, die sie in der Nacht vor dem Morgen sah, an dem unser gemeinsames Leben zusammenstürzte – die Skelettvögel, die morgens um vier mit Freudenschreien in der großen dachlosen Halle hoch über dem Teich mit dem klaren grünen Wasser flattern, in dem die äußerst feinen weißen Fischgerippe treiben. In der Mitte erhebt sich das Gerüst eines Turms, der vielleicht unvollendet oder, da seine Spitze eingestürzt ist, vielleicht auch in Trümmern ist. Auf der anderen Seite stand die Statue einer Frau, in der ich meine Mutter erkannte, genauso wie sie in meinen frühesten Erinnerungen erscheint. Das Rätsel ihres langen schwarzen Kleides, das den Fußboden berührte, quälte mich: es wirkte wie ein Teil ihres Körpers und erregte in mir das Gefühl von Furcht und Verwirrung ...«

Ich meine mich zu erinnern, daß ich an einem Wintertag zu dem neuen Haus ging und sah, wie Schnee durch den Dachboden in die oberen Schlafzimmer fiel. Es könnte auch sein, daß das nicht stimmt, denn ich bin mir ziemlich sicher, daß es in einem Fotoalbum, von dem ich nicht weiß, wo es geblieben ist, ein Foto von dem Haus gab, das unter den Gegebenheiten aufgenommen wurde, wie ich sie eben geschildert habe, und es ist möglich, daß ich mich daran erinnere und nicht an ein wirkliches Erlebnis. Was wir, oder zumindest ich, überzeugt als Erinnerung ausgeben – womit wir einen Augenblick, eine Begebenheit, einen Sachverhalt meinen, die einem Fixierbad ausgesetzt und so vor dem Vergessen bewahrt wurden –, ist in Wirklichkeit eine Form des Geschichtenerzählens, die sich unaufhörlich in unserem Geist vollzieht und sich oft noch während des Erzählens verändert. Zu viele widerstreitende Gefühlsinteressen stehen auf dem Spiel, als daß das Leben jemals ganz und gar annehmbar sein könnte, und möglicherweise ist es das Werk des Geschichtenerzählers, die Dinge so umzuordnen, daß sie sich diesem Zweck fügen. Wie dem auch sei, wenn wir über die Vergangenheit reden, lügen wir mit jedem Atemzug.

Ehe die Treppe eingebaut wurde, befand sich in der Mitte des Hauses ein gähnendes Loch, und man mußte die wacklige Zimmermannsleiter benutzen, um in den ersten Stock zu gelangen. Eines Tages guckte ich durch dieses Loch hinunter und sah Cletus Smith, der auf einem Stapel Bauholz stand und zu mir heraufschaute. Ich nehme an, ich sagte: »Komm doch rauf!« Jedenfalls kam er. Wir standen da und sahen durch eine quadratische Öffnung, die einmal ein Fenster werden sollte, hinaus zu der unbeleuchteten Straßenlaterne, dann stiegen wir über eine andere Leiter weiter hinauf und balancierten mit ausgestreckten Armen, wie Zirkusakrobaten auf dem Hochseil schwankend, über waagrechte Vierkanthölzer. Wir hätten bis in den Keller stürzen und uns Arme und Beine brechen können, aber wir fielen nicht.

Jungen brauchen keine großen Vorwände, um gut miteinander auszukommen, wenn sie überhaupt miteinander auskommen. Ich war froh über seine Gesellschaft und freute mich, als er am nächsten Tag wieder aufkreuzte. Wenn ich ihn heute so sähe, wie er damals war, wüßte ich nicht, ob ich ihn wiedererkennen würde. Ich meine, mich an sein Lächeln zu erinnern, und daß er für einen Jungen von dreizehn Jahren große Hände und Füße hatte. Und Cletus Smith ist nicht sein richtiger Name.

Kannte ich ihn, weil er in meiner Schulklasse war? Ich versuche ihn mir an der Tafel stehend vorzustellen, aber es gelingt mir nicht. Es ist so lange her. Waren wir in derselben Pfadfindergruppe? Das hätte bedeutet, daß wir irgendwann in jenem Herbst gemeinsam die Pfadfinderfibel studiert und Kreuzknoten, Pahlsteks und einfache Schlingen geübt und überlegt hätten, an welche Leistungsabzeichen wir uns als nächstes machen wollten. Ich weiß keine Antwort. Ich weiß nur, daß ich ihn kannte. Von irgendwoher. Und daß wir Tag für Tag in diesem unfertigen Haus miteinander spielten und dabei Kopf und Kragen riskierten und den ranzigen Geruch von Sägemehl und Hobelspänen und frisch zugesägten Balken einatmeten.

Die Neunte Straße war eine Fortsetzung von zu Hause und absolut ungefährlich. Niemals schikanierte mich dort jemand. Wenn ich aber die Neunte Straße verließ, konnte es rauh zugehen. Die Jungen aus der achten Klasse beherrschten den Schulhof vor dem Unterricht und in den Pausen. Sie waren je nachdem mal gönnerhaft gutmütig, mal gemein, mal führten sie dreckige Reden über Mädchen oder waren zielstrebig darauf aus, ihre Fähigkeiten in irgendeiner Sportart zu verbessern. Manchmal machten sie sich die Mühe, einem Jüngeren den Arm hinter dem Rücken zu verdrehen oder ein Bein zu stellen und ihn zu Fall zu bringen, wenn er vorbeilief, und wenn er hinfiel und sich weh tat, waren sie hinterher eine ganze Viertelstunde glücklich, aber ihre Aufmerksamkeit konzentrierte sich nur selten für längere Zeit auf einen einzelnen Jungen.

Im Rückblick wird mir ziemlich klar, daß ich meine Schwierigkeiten selbst heraufbeschwor. Zunächst einmal war ich dünn wie eine Bohnenstange. Bei jedem Wettkampf leerte sich mein Kopf, und ich war wie gelähmt. Man konnte darauf zählen, daß mir der Baseball durch die überängstlichen Finger rutschte. Keiner wollte mich in seiner Mannschaft haben. Ich war ein Sonderling. Auch hatte ich die verhängnisvolle Angewohnheit, mit der richtigen Antwort zur Stelle zu sein, wenn ich in der Klasse aufgerufen wurde. Das brachte mir ein anerkennendes Lächeln vom Lehrer ein, und es freute mich, wenn ich meinen Namen auf der Bestenliste fand. Dagegen freute es mich nicht, von zwei Bergarbeitersöhnen von der Schule bis nach Hause gejagt zu werden; sie waren mit mir in einer Klasse, aber nur, weil sie sich der Schulaufsicht nicht entziehen konnten. Nirgends war ich vor ihnen sicher – weder im Klassenzimmer, wo sie ständig ein Auge auf mich hatten, noch auf dem Schulhof, wo sie um mich herumhüpften und mich schubsten, bis ich das Gleichgewicht verlor; sie versuchten mich dazu zu bringen, daß ich mich wehrte, um es mir endlich einmal gründlich zu geben.

All das ereignete sich offen vor jedermanns Augen, vor all den Jungen, mit denen ich aufgewachsen war, und nie rührte sich eine Hand zu meiner Verteidigung, niemand kam mir je zu Hilfe – wahrscheinlich zum Teil deshalb, weil sie selbst wunde Stellen hatten und keine Angriffsfläche bieten wollten, doch offensichtlich war etwas an mir, was dazu reizte. Da ich nicht wußte, was es war, konnte ich auch nichts tun, um es zu ändern, und jede Regung, die ich spürte – körperliche Unterlegenheit, Angst, Erniedrigung, das ganze Repertoire des Kindseins –, war meinem Gesicht abzulesen. Sie hatten so leichtes Spiel mit mir, daß ich mich wundere, daß ihre Lust, mich zu quälen, so lange anhielt. Als sie vierzehn waren, verließen sie die Schule, und ich sah sie nie wieder. Wohin sonst konnten sie schon verschwunden sein als in die Kohlengrube mit ihren Vätern? Sollte mir jemand erzählen, sie hätten sich eine Staublunge geholt – ich wüßte nicht, ob ich Mitleid mit ihnen hätte.

Der Abstand zwischen meinem älteren Bruder und mir war zu groß, als daß ich seinen Vergnügungen hätte nacheifern oder mich an ihnen beteiligen können; ich hätte gern einen Bruder meines Alters gehabt, der mich verteidigt hätte, wenn ich in der Klemme saß, und mit dem ich etwas hätte unternehmen können. Ungefähr um diese Zeit lud mich eine Freundin meiner Mutter, eine Frau, die ich flüchtig kannte, von Freitag nach der Schule bis Sonntag nachmittag zu sich ein. Sie hatte einen Sohn, der ein oder zwei Jahre älter war als ich und alle Eigenschaften besaß, die ein Junge in diesem Alter haben sollte – er war offen und ungezwungen gegenüber Erwachsenen, gut in der Schule und weit davon entfernt, sich von seinen Altersgenossen herumschubsen zu lassen. Ich schlief mit ihm in einem Zimmer und war Samstag und Sonntag den ganzen Tag mit ihm zusammen. Ohne jede Erfahrung, an die ich mich hätte halten können, versuchte ich, ein guter Gast zu sein. Die meiste Zeit war er freundlich, aber dann plötzlich murmelte er leise etwas vor sich hin, was ich nicht genau verstand, von dem ich aber aufgrund der Bekümmertheit in meinem Herzen wußte, daß es das Wort »Waschlappen« war. Ich überhörte es, weil ich nicht wußte, was ich sonst tun sollte, weil ich nicht welterfahren genug war, um Zahnbürste und Schlafanzug zu nehmen und nach Hause zu gehen und es ihm zu überlassen, seiner Mutter zu erklären, warum ich nicht mehr da war. Vor dem Schlafengehen verlangte er, daß ich mit ihm vor dem weitgeöffneten Fenster seines Zimmers Freiübungen machte. Er war geduldig, wenn ich sie nicht richtig konnte, und ließ lustige Bemerkungen fallen, und es war sehr schön, zur Abwechslung einmal etwas mit einem anderen Jungen zusammen zu machen. Aber dann murmelte er wieder leise dieses Wort, von dem ich nicht einmal behaupten darf, daß er es tatsächlich gesagt hat. Er war genau der Typ Junge, der ich gern gewesen wäre, und ich war bereit, ihm in allem nachzueifern. Einen Augenblick lang fühlte ich mich dazu ermutigt, und im nächsten fühlte ich – ließ er mich fühlen –, daß er mich verachtete. Wahrscheinlich war alles nur darauf zurückzuführen, daß seine Mutter sich, ohne ihn zu fragen, zu diesem Akt der Freundlichkeit entschlossen hatte, und er war wütend, weil meine Anwesenheit ihm den Samstag verdarb. Wie auch immer, worauf ich hinauswill, ist, daß es für mich eine neue Erfahrung war, Tag für Tag in Gesellschaft eines anderen Jungen zu sein. Was ich auch vorschlug, wir machten es. Nie fragte ich Cletus, ob es nicht etwas gebe, was er lieber täte, weil er stets zu tun bereit war, was ich wollte. Heute kommt es mir so vor, als sei er nichts anderes als ein nur in meiner Vorstellung vorhandener Spielkamerad gewesen. Wenn ich mit ihm zusammen war und etwas sagte, worüber die Jungen in der Schule sich lustig gemacht hätten, überhörte er es und balancierte vorsichtig, einen Fuß vor den anderen setzend, weiter oder nickte höchstens, ohne zu mir zu blicken, um das Gleichgewicht nicht zu verlieren.

Ich nahm an, er müsse mich wohl ein bißchen mögen, sonst wäre er nicht gekommen. Und daß er sich über meine Gesellschaft freute. Er verhielt sich nicht so, als gäbe es noch einen Jungen, von dem er erwartet wurde. Er mußte begriffen haben, daß ich in diesem Hause wohnen würde, wenn es fertig wäre, aber es kam mir nie in den Sinn, mich zu fragen, wo er wohnte.

Als ich klein war, erzählte ich meiner Mutter alles. Nachdem sie gestorben war, lernte ich, daß es besser war, bestimmte Dinge für mich zu behalten. Mein Vater verkörperte Autorität, das hieß – für mich –, daß er nicht auch Verständnis verkörpern konnte. Und weil die Sticheleien meines älteren Bruders etwas Grausames an sich hatten (wie selbstverständlich alle Sticheleien), vertraute ich ihm nicht, obwohl ich das in wichtigen Angelegenheiten durchaus hätte tun können. Wie dem auch sei, ich erzählte Cletus nichts von meinem Schiffbruch, wenn wir dasaßen und auf die nähere Umgebung hinabsahen, und er erzählte mir nichts von seinem. Wenn der Anblick des Himmels uns mitteilte, daß es auf die Abendessenszeit zuging, kletterten wir hinunter und sagten »Also dann« und »Bis morgen« und gingen in der Dämmerung unserer Wege. Und eines Abends tauschten wir, wie sich herausstellte, diesen beiläufigen Abschiedsgruß zum letztenmal aus. Wir wurden durch jenen Pistolenschuß getrennt.

Es gab nie irgendeinen wirklichen Zweifel daran, wer Lloyd Wilson getötet hatte. Der einzige Mensch, der einen Grund hatte, es zu tun, war Clarence Smith, Cletus' Vater. Zu den Dingen, die Cletus mir zu erzählen unterließ, gehörte die Tatsache, daß er auf dem Land aufgewachsen war. Er wohnte erst seit ein paar Monaten in der Stadt. Seine Mutter hatte die Scheidung eingereicht aufgrund heftiger und wiederholter Mißhandlungen. Sein Vater zieh sie daraufhin der Untreue und nannte Lloyd Wilson, der auf der Nachbarfarm lebte, als Mitschuldigen.

Der Lincolner *Courier-Herald* war und ist ein Kleinstadtblatt, das auf sich hält, und fühlte sich nicht dazu berufen, die unanständigen Einzelheiten zu verbreiten, die wohlverwahrt in den Gerichtsakten ruhten. Ich halte es für sehr unwahrscheinlich, daß Cletus beim Scheidungstermin anwesend war. Wieviel wußte er? Genug wahrscheinlich. Genug jedenfalls, daß er lieber mit einem Jungen spielte, den er kaum kannte, als mit jemandem, den ins Vertrauen zu ziehen er versucht gewesen sein könnte – falls es so eine Person gab.

Als der Prozeß zuungunsten von Cletus' Vater ausging, verkaufte er seine Pacht, gab die Landwirtschaft auf und zog zu Cletus' Großeltern in die Stadt. Er war niedergeschlagen und neigte zu Weinkrämpfen. Und er mußte unablässig über seine Sorgen reden. Sogar Leute, die ihn lange Jahre kannten, wechselten auf die andere Straßenseite, wenn sie ihn kommen sahen.

Lloyd Wilson gestand seinen beiden Brüdern, daß er

Angst vor einem Anschlag auf sein Leben habe, und sie rieten ihm, die Stadt sofort zu verlassen. Wie eine Gestalt in einem Traum leitete er alle Schritte ein, die zu tun waren, nur in Zeitlupe. Er suchte die Frau auf, deren Land er bestellte, und bat, aus dem Vertrag entlassen zu werden, der erst im März auslief. Er suchte einen Rechtsanwalt auf.

Am Morgen, als er getötet wurde, ließ er die Stalltür weit offen, als wolle er das Morgenlicht abpassen. Der Lichtschein seiner Laterne muß dem Mörder genau vor die Stiefelspitze gefallen sein.

Ich nehme an, all das wußte ich einmal, denn es stand in der Abendzeitung, und ich war alt genug, um lesen zu können. Im Lauf der Zeit vergaß ich die Einzelheiten des Mordes, und was sich meiner Meinung nach abgespielt hatte, unterschied sich so sehr von dem, was tatsächlich geschehen war, daß es schien, als hätte ich es mir aus den Fingern gesogen. Und vielleicht hätte ich mir weiterhin vorgestellt, daß Cletus' Vater unerwartet nach Hause gekommen war und Cletus' Mutter mit einem Mann im Bett gefunden und sie beide getötet hatte, wenn mir nicht eines Tages, als hätte ich plötzlich eine Mauer durchbrochen, klargeworden wäre, daß es noch andere Informationsquellen über die Vergangenheit als nur unsere Erinnerung gibt und daß ich nicht in völliger Unkenntnis über etwas zu bleiben brauchte, was mich so brennend interessierte. Ich schrieb an meinen Stiefcousin Tom Perry und bat ihn, mir die Nummern des *Courier-Herald* herauszusuchen, in denen etwas über den Mord an Lloyd Wilson stand. Er schrieb mir zurück, das Archiv des *Courier* (der Zusatz *Herald* sei schon vor langem fallengelassen worden) reiche nicht bis zum Jahr 1922 zurück und die öffentliche Bücherei habe ihr Archiv vor sechs Monaten aufgelöst und ich solle mich an die Historische Gesellschaft des Staates Illinois in Springfield wenden. Mir war, als stellte ich Nachforschungen über die Beerdigung Abraham Lincolns an. Jedenfalls tat ich, was er mir geraten hatte, und die Historische Gesellschaft schickte mir aus ihrem Mikrofilmbestand die nicht immer gut lesbaren Fotokopien von acht Ausgaben dieser Zeitung, die mir einst so vertraut gewesen war wie mein Handrücken. Ich erhielt natürlich viel mehr als das, worum ich gebeten hatte; es war ein kleiner Ausschnitt der Vergangenheit, weit weg und doch vollkommen scharf wie etwas, was man durch das falsche Ende eines Fernglases betrachtet: Reklamen für Filme, in denen Norma Talmadge und Wallace Reid auftraten, und für Qualitätsanzüge aus Griesheims Textilgeschäft für sieben Dollar und vieles andere, das ebenfalls kaum zu glauben war.

Ich weiß nicht, wo sich Büro und Druckerei des Lincolner *Courier* heute befinden, nur daß sie nicht mehr da sind, wo sie früher waren: in der North Kickapoo Street, einen halben Block vom Platz vor dem Gericht entfernt.

Einige von den Artikeln über den Mord hatte der Chefredakteur geschrieben, den ich als einen leicht reizbaren, dunkelhaarigen Mann mit grünem Augenschirm und Zigarette im Mundwinkel in Erinnerung habe. Seine Beiträge vermitteln den Eindruck, als wären sie in letzter Minute, bevor die Zeitung in Druck ging, hingerotzt worden, das heißt, sie sind schlecht aufgebaut, wimmeln von Wiederholungen, nicht sehr klaren Spekulationen und von Klischees und Vorbehalten, die die Vorstellungen der damaligen Zeit zweifellos erforderten. Leute werden mit Äußerungen zitiert, von denen ich nur mit Mühe glauben kann, daß sie sie wirklich gemacht haben, zumindest nicht mit diesen Worten. So bin ich zum Beispiel ziemlich sicher, daß Cletus' Vater nie zu einem Mann, den er einen Tag vor dem Mord auf der Straße traf, gesagt hat: »Ich bin ruiniert und ein Versager und habe nichts, für das es sich zu leben lohnte.« Ich kenne niemanden im Mittelwesten, der sich die Mühe gemacht hätte, sich so geschliffen auszudrücken. Aber auf jeden Fall ist es nicht gerecht, den überarbeiteten Redakteur einer Kleinstadtzeitung dafür verantwortlich zu machen, daß er nicht so gut wie Roughead schrieb. Besonders, da ich ihm alles verdanke, was ich über das Vorgefallene weiß.

Der Sheriff wollte gerade ein paar Häftlinge zu ihrem Prozeß ins Gericht bringen, als ihn der Leichenbestatter anrief. Der Hilfssheriff und der Untersuchungsrichter fuhren zu Wilsons Farm hinaus, und Fred Wilson zeigte ihnen die Stallbox, in der Lloyd Wilson saß, den Eimer, in dem nur wenig Milch war, den Melkschemel, die Handschuhe, die er immer beim Melken trug und die er noch angehabt hatte, als man ihn fand. In der Nähe der Stalltür entdeckten die beiden Männer aus der Stadt Fußspuren, die sie mit Brettern bedeckten, damit sie unversehrt blieben. Den ganzen Morgen stapften Suchtrupps über die schlammigen Felder und an den Ufern des Baches entlang, der durch beide Farmen floß. Die Spürhunde wurden mit dem Zug aus Springfield gebracht und zum Schauplatz des Verbrechens geführt. Zweihundert Menschen warteten dort auf sie. Die Fußspuren wurden aufgedeckt, die Hunde zum Kuhstall geführt und von der Leine gelassen. Schnüffelnd umkreisten sie einen Geräteschuppen und einen Heuschober, kehrten zum Stall zurück, sprangen dann über einen Stacheldrahtzaun und rasten los, einen Pulk aufgeregter Leute im Schlepptau. Kurz vor dem Farmhaus, aus dem Clarence Smith vor kurzem ausgezogen war, drehten die Hunde an einem Tor ab und folgten dem Weg, der zur Hauptstraße führte. Nachdem sie am Briefkasten haltgemacht hatten, setzten sie auf die andere Straßenseite hinüber und verloren die Fährte. Zweimal wurden sie zum Kuhstall zurückgebracht und wieder laufengelassen. Das erstemal rannten sie auf den Hof der Smith-Farm und hinauf auf die Veranda. Das zweitemal bogen sie wieder ab in ein Maisfeld und folgten einer Fußspur, bis diese auf der festen Straße, eine Viertelmeile westlich des Weges, endete.

Clarence Smith hatte seine Pacht an einen jüngeren Mann namens James Walker verkauft. Nachdem man die Spürhunde wieder in die Stadt gebracht hatte, kam Walker aus dem Farmhaus und schlenderte zur Straße. Eine Handvoll Männer lungerte am Beginn des Weges herum und scharte sich, von unbestimmter Neugier getrieben, um ihn, als er die Briefkastenklappe aufmachte. Was erwarteten sie? Höchstens ein oder zwei Briefe, die sie nicht würden lesen dürfen, und den *Courier-Herald* vom Vortag. Im Briefkasten lag etwas so Überraschendes, daß sie alle einen Schritt zurücktraten und warteten. James Walker nahm die goldene Uhr aus dem Briefkasten, öffnete den Deckel und sah die Initialen »C. S.«. Das konnte nur Clarence Smith' Uhr sein, aber wann war sie dort hineingelegt worden, und aus welchem Grund? James Walker fuhr in die Stadt und übergab sie dem Sheriff, der die Möglichkeit erwog, daß das eine Falle und die Uhr von irgend jemand anders als Clarence Smith dorthin gelegt worden war, um den Eindruck zu erwecken, er sei der Mörder.

Am Abend ging der Sheriff zu Clarence Smith' Eltern und erfuhr, daß sie keine Ahnung hatten, wo ihr Sohn war. Auch niemand anders wußte es. Zuletzt war er am Abend vor dem Mord an Lloyd Wilson gesehen worden, als er um 22.45 Uhr aus dem Grand Theater kam. Der Staatsanwalt gab keinen Steckbrief heraus, auf dem Cletus' Vater wegen Mordes gesucht wurde. Er ließ ihn nur zur Vernehmung suchen. Die Beschreibung, die an die Polizei im ganzen Staat geschickt wurde, lautete: »Alter: vierzig Jahre, Größe: ein Meter siebzig, Gewicht: 165 Pfund, hellbraunes Haar, leicht schütter.«

Nachbarn gaben an, sie hätten in der Nacht vor dem Mord ein fremdes Auto nahe der Wilson-Farm parken sehen. Einer von ihnen sagte, das Auto habe mindestens zwei Stunden auf dem Weg nahe der Straße gestanden. Er hatte es zuletzt ungefähr um neun gesehen, kurz bevor er zu Bett ging. Ein anderer Nachbar sagte, das Auto habe nicht auf dem Weg, sondern am Rand der Hauptstraße gestanden, und die Scheinwerfer seien ausgeschaltet gewesen. Da Clarence Smith kein Auto besaß, erhob sich die Frage, ob er einen Komplizen gehabt hatte.

Es ging das Gerücht, man habe ihn am Tag des Mordes in die Straßenbahn steigen sehen, die zwischen Peoria, Lincoln und Springfield verkehrte. Auch daß er in einem Hotel in Springfield abgestiegen sei und dort am gleichen Abend ein Ferngespräch in Empfang genommen habe. Der Verlockung, etwas so Interessantes zu glauben, konnten die Leute nicht widerstehen, obwohl das Hotel bestritt, daß er dort gewesen war, und derjenige, der ihn hatte die Straßenbahn besteigen sehen, sich nie meldete. Das Gerücht, er habe eine große Geldsumme bei sich gehabt, als er verschwand, konnte auch nicht gestimmt haben, denn der Verkaufserlös seiner Pacht konnte auf Heller und Pfennig nachgewiesen werden.

Es gab noch einen anderen Aspekt des Falles, den zu berücksichtigen sich der *Courier* verpflichtet fühlte. Im Frühjahr des Jahres vor seinem Tod wurde Lloyd Wilson von seiner Frau verlassen; sie nahm ihre vier Töchter mit, von denen die jüngste ein elf Monate alter Säugling war, und zog in die Stadt. Sie ließ sich nicht von ihm scheiden, sondern erwirkte die gesetzliche Trennung von Tisch und Bett. Aufgrund dieser Abmachung mußte er ihr 9000 Dollar zahlen, was 1921 eine Menge Geld war. Das neue Haus meines Vaters kostete einschließlich des Baulandes nur 12 000 Dollar. Die Abfindung, die Lloyd Wilson seiner Frau zahlte, ist vielleicht sein ganzes Geld gewesen.

Ich weiß nicht, wie sie ausgesehen hat. Die meisten Farmersfrauen ihres Alters hatten harte Arbeit und häufiges Kinderkriegen gleichermaßen ausgelaugt. Ich mutmaße – wie die Leute zu sagen pflegten, als ich noch ein Kind war –, ich mutmaße, das traf auf Lloyd Wilsons Frau und nicht auf Cletus' Mutter zu, aber es gibt keinen Beleg für meine Annahme, und die simple Wahrheit ist, daß zwar in Liebesromanen viel Aufheben um die weibliche Schönheit gemacht wird, die Leidenschaft aber ohne sie auskommt. Platos Idee, daß Liebende ursprünglich ein einziges Wesen waren, dessen zwei Hälften getrennt wurden und sich danach sehnen, wieder vereint zu werden, taugt als Erklärung ebenso wie jede andere für etwas, was ein Außenstehender nie und nimmer vollkommen verstehen kann.

Namen und Alter der Wilson-Kinder standen in der

Zeitung, Namen und Alter der Kinder von Clarence Smith, wie der Zufall es wollte, nicht.

Cletus' Mutter war Waise und von einer Tante und einem Onkel in der Stadt großgezogen worden. Als sie Cletus' Vater verließ, kehrte sie in das Haus zurück, in dem sie aufgewachsen war. Der *Courier-Herald* gibt die Adresse an, und ich bat meinen Cousin nachzusehen, ob es noch ein Haus unter dieser Anschrift gebe. Er schrieb mir zurück, es gebe eines und es gehöre zu einer Reihe von Holzhäusern gegenüber dem Rummelplatz. Etwas heruntergekommen, schrieb er, und weiß gestrichen so wie eine Menge anderer kleiner Häuser in der Stadt.

Was die Zeitung mit »Entfremdung« umschreibt, trat während des Sommers ein, nachdem Wilson von seiner Frau verlassen worden war. »Vor einem Jahr«, fährt der *Courier-Herald* fort, »gab es keine besseren Freunde als Wilson und Smith. Oft kamen sie zusammen in die Stadt. Wenn Smith eine Zigarre für sich kaufte, kaufte er auch eine für Wilson, der das genauso machte. Bei Streitigkeiten standen sie füreinander gegen Gott und die Welt ein, und die Leute sprachen oft davon, was sie doch für gute Freunde seien. Smith wird von den Leuten, die ihn kennen, als ruhiger, zurückhaltender Mensch beschrieben.«

Das einzige Foto, das ich je von ihm und Lloyd Wilson sah, war auf der Titelseite des *Courier-Herald* abgebildet. Da es sich um eine Fotokopie handelt, sind Schwarz und Weiß – oder vielmehr Braun und Weiß – vertauscht. Doch auch so sehen sie einander noch genügend ähnlich, um für Brüder gehalten zu werden. Kein Zweifel, Kain und Abel liebten sich auf ihre Weise ebenso oder mehr noch als David und Jonathan.

Es gibt viele Fragen, auf die ich durch die Lektüre der alten Zeitungen keine Antwort fand. Von wem zum Beispiel erfuhr Cletus' Mutter von dem Mord? Und wie schnell? Und was passierte dann – bekam sie vor ihren beiden Söhnen einen hysterischen Anfall? Und was war mit dem sechsjährigen Jungen, der zum Stall geschickt wurde, um nachzusehen, wo sein Vater so lange blieb? Spähten er und sein Bruder durch einen Spitzenvorhang hinaus, als die Spürhunde bellend über die Felder dem Mann nachjagten, der ihren Vater getötet hatte? Oder zog die Haushälterin sie vom Fenster weg? Sie war eine Frau vom Land, und so ein Schauspiel erlebte man nicht alle Tage. Höchstwahrscheinlich lugten alle drei zum Fenster hinaus, es sei denn, die Mutter der kleinen Jungen hatte sie schon abgeholt.

Ein paar Tage lang kamen immer wieder neue Einzelheiten ans Tageslicht: »Aus guter Quelle ist zu vernehmen, daß Wilson und Mrs. Smith seit der Scheidung der Smith im letzten Herbst und in der Zeit, in der Smith seiner ehemaligen Frau Unterhalt zahlte, häufig miteinander korrespondierten. Man nimmt an, daß Smith davon wußte und schwer daran trug. Mrs. Smith soll sich angeblich vor ihrem ehemaligen Mann gefürchtet und diese Angst Wilson mitgeteilt haben ... Sheriff Ahrens lud einen früheren Knecht von Smith vor, der im Prozeß für diesen ausgesagt hatte. Der Mann arbeitete in der Gegend von Coonsburg, war dort regelmäßig beschäftigt und hatte Smith seit Samstag abend vor einer Woche, als er beim Friseur in der Stadt von der Toilette kam und Smith auf eine Rasur warten sah, nicht mehr gesehen.« Und so weiter.

James Walker erzählte dem Reporter des *Courier-Herald*, er sei eines Tages, kurz nachdem Clarence Smith die Farm verlassen und er sie übernommen hatte, aus dem Holzschuppen gekommen und da habe Smith auf der Veranda gestanden. Walker sagte, er sei damals ganz allein und froh gewesen, mit jemandem sprechen zu können. Als Smith zu ihm sagte: »Macht's Ihnen was aus, wenn ich mich ein bißchen umsehe?«, sagte er: »Nur zu, fühlen Sie sich wie zu Hause« – wie es jeder unter solchen Umständen getan hätte. Aber als Smith ein paar Tage später wiederkam und sich lange im Stall aufhielt und dann von Schuppen zu Schuppen ging, wurde Walker unruhig. Wenn Smith etwas verloren hatte, warum sagte er es dann nicht? Statt dessen stellte sich heraus, daß Walker etwas verloren hatte, nämlich einen kleinen Amboß. Er war sich sicher, daß er ihn beim Umzug mitgebracht hatte, und soweit er wußte, hatte es keine Möglichkeit gegeben, daß Clarence Smith ihn mitgenommen haben könnte, aber der Amboß konnte ebensowenig von selbst verschwunden sein.

James Walker schrieb seiner Frau und bat sie, sofort zu kommen; danach ließ sich Clarence Smith nicht mehr blicken.

Einen Tag nachdem Walker die Uhr gefunden hatte, entdeckte er Clarence Smith' Mantel in einem kleinen Planwagen. Der Hilfssheriff hatte ihn zwar gesehen, als er die Stallungen und die Nebengebäude mit einer Taschenlampe absuchte, aber gemeint, er gehöre dem neuen Pächter. Von seinem Mantel und ein paar Decken gewärmt, hatte Clarence Smith die Nacht vor dem Mord auf seiner ehemaligen Farm verbracht und sich am Morgen hinter einem Heuschober versteckt und darauf gewartet, daß er Lloyd Wilsons schwankende Laterne über die Weide kommen sah.

Cletus' Großvater sagte, als er vom selben Reporter

interviewt wurde, falls sein Sohn den Mord, durch seine Eifersucht um den Verstand gebracht, begangen habe, werde man ihn nicht lebend wiederfinden; er werde nicht mehr leben wollen.

Cletus' Mutter, vielleicht zu erregt, um nachsichtig zu sein, sagte: »Ich glaube nicht, daß er sich umgebracht hat. Ich denke, er hat seine Fluchtpläne ausgeführt.« Was für Pläne? Es gibt keinen Anhaltspunkt dafür, daß er irgendwelche Pläne hatte.

Teils aus Furcht, teils um sensationshungrigen Leuten zu entgehen, bezogen Walker und seine Frau vorübergehend eine Wohnung in der Stadt. Das Büro des Sheriffs war damit beschäftigt, Anrufe von Leuten zu beantworten, die wissen wollten, ob Clarence Smith gefunden worden sei. Die meisten von ihnen hatten gehört, er habe sich in der Kiesgrube ertränkt. Der *Courier-Herald* hatte einige Mühe, auch dieses Gerücht zu zerstreuen: »Hilfssheriff William Duffy, der am Morgen der Tat eine gründliche Untersuchung der Kiesgrube leitete, glaubt nicht, daß Smith oder sonstjemand sich in dem Teich ertränkt hat. Der Erdboden war durch das Tauwetter aufgeweicht. An zwei Seiten ist das Ufer steil, und Spuren wären deutlich sichtbar gewesen. An der Stelle, wo man von einem Steg aus hätte hineinspringen können, ist das Wasser zu flach, und man hätte weiter hinauswaten müssen, um ins Tiefe zu gelangen. Obwohl Mr. Duffy die ganze Kiesgrube umrundet und den weichen Boden nach Spuren abgesucht hat, fand er absolut nichts.«

Am Freitag, dem 3. Februar, fünfzehn Tage nachdem man Lloyd Wilsons Leiche in seinem Stall gegen eine Trennwand lehnend gefunden hatte, wurde eine andere

Leiche vom Grund der Deer-Creek-Kiesgrube gefischt, wo sie nach Ansicht des Hilfssheriffs niemals hätte sein können. Sie lag, das Gesicht nach unten, quer über der Baggerschaufel. Cletus' Vater hatte nicht mehr leben wollen und sich durch den Kopf geschossen. An seinem rechten Handgelenk baumelte am Ende eines Schnürsenkels ein Revolver Kaliber 38 mit zwei leeren Patronenkammern. Eine Taschenlampe ragte aus seiner Jakkentasche. Dicker Draht war um seinen Hals und seine Taille gewickelt. Bis der Draht von der Schaufel durchtrennt wurde, hatte er die Leiche mit irgend etwas Schwerem verbunden, das sie unter Wasser hielt. Beim Durchsuchen der anderen Taschen fand der Leichenbestatter ein Rasiermesser, das noch dunkelrot gefärbt war, ein blutiges Taschentuch, eine Uhrkette und mehrere Schrotpatronen.

An der gerichtlichen Untersuchung nahmen als Zeugen nur der Sheriff und die drei Männer teil, die an der Kiesgrube arbeiteten. Die Geschworenen fällten die folgende Entscheidung: »Wir, die unterzeichneten Geschworenen, sind der Überzeugung, daß Clarence C. Smith in selbstmörderischer Absicht durch eine Schußwunde von eigener Hand zu Tode kam.« Es gab keinerlei Versuch, ein Selbstmordmotiv zu finden, und keinen Hinweis auf den Mord an Lloyd Wilson. Bei der Schlußverhandlung lautete das Urteil: »Tod durch eine Schußwunde von unbekannter Hand.«

Mehrere hundert Menschen versuchten, einen Blick auf die Leiche von Clarence Smith zu werfen, während sie beim Leichenbestatter war, und wurden abgewiesen. Die Trauerfeier fand im Hause seines Vaters statt. »Reverend A. S. Hubbard, Pastor der Ersten Baptistenkirche, war mit der Abhaltung des Gottesdienstes beauftragt. Ein Männerquartett brachte vom Treppenabsatz herab eine Anzahl ausgewählter Lieder zu Gehör. Sargträger waren Joseph McElhiney, John Holmes, Frank Mitchell und Roy Anderson. Die Familie erhielt in Form von Blumen zahlreiche Beweise des Mitgefühls, die Beerdigung war eine der größten seit langem in Lincoln.«

Cletus' Vater wurde nicht an einem Kreuzweg mit einem Pfahl im Herzen beerdigt, sondern auf dem Friedhof, wie jeder andere auch. Am Tag nach der Beerdigung fand man auf dem Kiesteich einen Gewehrschaft schwimmen. Am nächsten Nachmittag brachte der Bagger den Rest des Gewehrs zum Vorschein. Im Lauf steckte eine defekte Patrone. Als die Schrotflinte nicht losgehen wollte, verklemmte sich die Patrone, und der Auswerfer entfernte sie nicht aus dem Lauf. Und darum wurde Lloyd Wilson statt dessen mit einem Revolver erschossen.

Cletus' Großvater wurde ins Büro des Sheriffs geladen, um das Gewehr zu identifizieren, und sagte, er wisse, daß sein Sohn ein Gewehr besessen habe, aber er wisse nicht, wie es aussehe, und erinnere sich nicht, das Gewehr unter den Sachen gesehen zu haben, die sein Sohn mitbrachte, als er von der Farm wegzog. Dann fragte der Sheriff, ob Clarence Smith seine Söhne mit auf die Jagd genommen habe. »Die Identifizierung des Gewehrs« – ich zitiere aus dem *Courier-Herald* – »wurde heute nachmittag von Clarence C. Smith' ältestem Sohn vorgenommen, der die Marke des Herstellers wiedererkannte. Der Junge hat ein Fahrrad von derselben Firma.« Zwischen dem Augenblick, als Cletus und ich von dem Gerüst heruntergeklettert und unserer Wege gegangen waren, und dem Moment, als er im

Büro des Sheriffs dem zerbrochenen Gewehr gegenüberstand, muß er die Grenze zum Erwachsensein überschritten haben, und obwohl von ihm als einem Jungen die Rede ist, war er keiner mehr.

Kurz darauf schrieb seine Mutter an Lloyd Wilsons Haushälterin und bat darum, daß eine Fotografie, die sie ihm gegeben habe, an sie zurückgeschickt werde. Der *Courier-Herald* kam in den Besitz dieses Briefs und veröffentlichte einen Satz daraus: »Ich bin die unglücklichste Frau auf Erden.«

4

Auf dem Schulkorridor

Ich habe eine undeutliche dunkle Erinnerung, der ich nicht traue, wonach ich dasitze und Cletus' leeres Pult in der Schule anstarre. Jemand – ich glaube, es war meine Großmutter – sagte, seine Großmutter sei gekommen und habe ihn abgeholt. Das kann aber nicht stimmen: er hatte nur eine Großmutter, und die lebte ebenfalls in Lincoln. Wahrscheinlich nahm ihn seine Mutter von der Schule, und als sie aus Lincoln fortzog, ging er mit ihr.

Ich fragte mich nicht, was genau die Zeitung damit meinte, als sie schrieb, Cletus' Vater habe seiner Mutter vorgeworfen, mit dem Ermordeten intim gewesen zu sein. In dem Alter war ich nicht mehr so unschuldig, anzunehmen, es bedeute, sie seien bloß miteinander befreundet gewesen. Wenn ich über die Angelegenheit überhaupt nachdachte, dann des Ohres wegen, das man niemals fand. Ich wußte, daß Cletus eine entsetzliche Geschichte widerfahren war und daß er für immer davon gezeichnet sein würde, aber ich versuchte nicht, mich an seine Stelle zu versetzen, und dachte nicht einmal daran, herauszufinden, wo er jetzt wohnte, und mich auf mein Fahrrad zu setzen und ihn zu besuchen. Es war, als habe sein Vater auch ihn getötet.

Die Zimmerleute und die Installateure und die Elektriker hörten endlich damit auf, einander in die Quere zu kommen, und überließen das neue Haus den Malern. Ich kam mit weißer Farbe auf den Kleidern nach Hause, und mein Vater empfahl mir, nicht nach Park Place zu gehen, bis die Farbe auf dem Holz trocken sei. Er war verärgert über den Architekten und über sich selbst: wenn das Betonfundament einen halben oder einen Meter tiefer in den Boden eingelassen worden wäre, hätte es nicht einer Unmenge Fuhren teuren Mutterbodens bedurft, um die Rasenfläche auf das erforderliche Niveau anzuheben. Am Tag, als wir einzogen, ließ Grace übermüdet eine Flasche Jod fallen, die sie gerade in das Arzneischränkchen im oberen Badezimmer stellen wollte, und sie fiel in das Waschbecken und zerbrach. So verbrachten sie und ich unseren ersten Abend im neuen Haus damit, von der strahlendweißen Wand zu scheuern, was wie Blutflecken aussah.

Das Haus war zu neu, um gemütlich zu sein. Es war, als müsse man viel Zeit mit jemandem verbringen, den man nicht gut kannte. Und mir fehlte, wie es gewesen war, als es noch kein Dach gehabt hatte und der Estrich mit Hobelspänen und verbogenen Nägeln und Holzstückchen übersät gewesen war, von denen ich fast, aber doch nicht recht wußte, was damit anzufangen sei. Jetzt lagen nur noch Teppiche auf dem Fußboden, und man konnte nichts Waghalsiges mehr unternehmen, weil man vielleicht einen Fleck auf die Tapete machte.

Mein Vater war Mitte der Woche immer weg, mein kleiner Bruder verbrachte manchmal zwei oder drei Tage bei meiner Großmutter, die ihn abgöttisch liebte, und so blieben Grace und ich oft allein. Die Leute, die in den Häusern links und rechts von unserem wohnten, waren entweder Verwandte oder gute Freunde von ihr. Jeder ging ständig bei allen anderen ein und aus, und mehrere Nachmittage in der Woche setzten sie sich zum Bridge zusammen. Fachmännisch mischten sie die Karten, mischten sie noch einmal und machten sich ans Werk. Auktionsbridge war das. Das Kontraktbridge hatte es noch nicht verdrängt. Einmal guckte ich Grace über die Schulter und sah, wie sie einen großen Treffschlemm machte, wobei ihre höchste Trumpfkarte nur eine Neun war. Gelassen reizten und konterten die Frauen, ohne auch nur jemals einen der verworrenen Fäden einer Klatschgeschichte zu verlieren, und diejenige, die die Punkte zusammenzählte, war gleichwohl imstande, sich mit ihren Freundinnen über die Unerhörtheit irgendeines neuen Romans zu ereifern, für den sie sich in der Bücherei alle hatten vormerken lassen.

Mit vierzehn bekamen die Jungen ihre ersten langen Hosen, und da ich dieses Alter noch nicht erreicht hatte, trug ich noch immer meine Kordknickerbocker. Wenn ich mich nicht von der *Geschichte zweier Städte* losreißen konnte, stopfte ich meine langen schwarzen Baumwollsocken unter die Schlafzimmertür, damit mein Vater den Lichtspalt nicht entdeckte, hereinkam und mich schlafen hieß. Auf dem Arbeitstisch in meinem Zimmer stand ein Radiogerät. An der Wand darüber hing eine Karte von Nordamerika mit farbigen Stecknadeln für alle Sender, die ich hereinbekommen hatte. Die Nadel, über die ich mich am meisten freute, steckte auf Havanna, Kuba, das ich nur ein einziges Mal erwischt hatte. Meine Ohren schmerzten vom Tragen der Kopfhörer, und den ganzen Winter hatte ich kalte Füße. Mein Zimmer lag an der Nordwestecke des Hauses, und die Warmluftklappen funktionierten nicht, wie sie sollten. Und einmal passierte etwas, das war so merkwürdig, daß ich nicht darüber hinwegkam. Ich hörte Eggy

Rinehart, zwei Straßen weiter, seine Mutter ans Telefon rufen. Das Radio hatte seine Stimme aus der Luft aufgefangen, aber *wie*? Aus den Telefondrähten? Niemand konnte es mir erklären.

Wenn ich vom Pfadfinderabend nach Hause kam, hob sich die Antenne undeutlich gegen die Sterne ab. Ehe ich ins Haus hineinging, verließ ich den Weg und lugte durch den Lichtspalt zwischen der heruntergelassenen Jalousie und dem Fensterbrett ins Wohnzimmer. Ich wollte sichergehen, daß Vater und Grace keine »Party« feierten. Das Wort hatte auf unheimliche Weise seine Bedeutung verändert. Ursprünglich verhieß es Waffeleis und Kinder, die mir Geschenke mitbrachten, oder, wenn es sich um eine Erwachsenenparty handelte, das beste leinene Tischtuch und Tischkarten und kleine Pappbecher mit Nüssen und in der Mitte des Tisches einen Strauß Schnittblumen aus dem Gewächshaus. Und mehr Gabeln und Löffel als üblich. Während der Prohibition bedeutete es, daß sich Leute zum Trinken trafen. Es hörte sich schlimmer an, als es war; es gab Grenzen. Aber ich wußte nicht, wo sie lagen, und nahm deshalb an, es gebe überhaupt keine, und wenn »Partys« auch keine Orgien waren, so hatten sie doch irgend etwas damit zu tun. Zu Grace' Freundinnen gehörten eine hübsche schwarzhaarige Frau, die ein oder zwei Jahre zuvor ihren Mann verloren hatte, und eine lustige unverheiratete Frau, die bei der Bank arbeitete. Beide waren häufig bei uns, und mein Vater nannte sie scherzhaft seinen Harem. Ich wußte, daß sie das in Wirklichkeit nicht waren, aber was sollte ich davon halten, wenn ich sie darüber lachen hörte, wie Lois nach oben ging, alle Kleider auszog (auf den Partys meiner Mutter tat man so etwas nicht), in ein Badetuch gehüllt wieder herunterkam und Hootchie-kootchie tanzte? Auf jeden Fall wollte ich in so etwas nicht hineinplatzen, also sah ich nach, ehe ich ins Haus ging.

Nach kurzer Zeit fand dieses, wie ich heute meine, recht vergnügte Treiben ein Ende. Es war ein Ausdruck jener Zeit gewesen und spiegelte nicht das wahre Wesen der beiden wider. Sie richteten es sich wie die meisten Eheleute in so etwas wie einem normalen, ruhigen Leben ein.

Grace konnte pfeifen wie niemand sonst, und ich erinnere mich lebhaft, wie sie »Ein Gruß dem Herz, das für mich schlägt, treu wie der Sterne Glanz/Ein Gruß dem Tag, da sie mich frägt: Willst du, mein Lieb', mich ganz« pfiff, während sie sich mit einem Mop rückwärts die Treppe hinunterbewegte. Es ist wie ein Standfoto aus einem alten Film. Nie kommt sie am Fuß der Treppe an. In den zehn Jahren, ehe ich auf immer fortging, war sie nie ungeduldig mit mir, und ich glaube auch, ich war nie ungezogen zu ihr. An Selbstbeherrschung gab es in diesem Haus genug für sechs Familien. Im Gegensatz zur bösen Stiefmutter im Märchen war sie von sanftem Wesen und konnte keinerlei Streit ertragen. Und es war nicht ihre Art zu kämpfen wie Jakob mit dem Engel, bis ich aufhören würde, einer Toten treu zu sein, und sie als Mutter akzeptierte. Statt dessen wählte sie die Rolle der Vermittlerin. Wenn mein älterer Bruder am Samstag abend eine Verabredung hatte und wollte, daß mein Vater ihm den Wagen lieh, nahm er ihre Hilfe in Anspruch und zog mit den Autoschlüsseln in der Tasche davon.

Grace' Mutter wohnte direkt gegenüber auf der anderen Straßenseite mit ihrem Sohn Ted, der damals noch Junggeselle war. Mrs. McGrath war eine stattliche, warmherzige alte Dame und wurde von ihren

Kindern sehr verehrt. Grace' Brüder waren fröhliche, äußerst freundliche Leute, die gemeinsam fast aus dem Nichts ein Sand- und Kiesgeschäft aufgebaut und Erfolg damit gehabt hatten. Sie erzählten gern komische Geschichten, und wann immer sie zusammenkamen, hörte man ihr Lachen. Sie verwirrten mich auch dadurch, daß sie mich behandelten, als wäre ich ein richtiger Verwandter. Ich entzog mich ihnen zwar nicht, verhielt mich aber vorsichtig.

In jenem ungenügend geheizten Schlafzimmer in der Nordwestecke des Hauses in Park Place wurde ich von den ersten Anzeichen einer Lust überrumpelt, von der ich zunächst nicht wußte, wie ich sie dem Körper, der sie spendete und der meiner war, entlocken oder erwidern konnte. Sie war mit keinen Phantasien verbunden, auch mit keinem Objekt, sondern reine körperliche Empfindung. Es war, als hätte ich eine Möglichkeit zu singen entdeckt, ohne meine Kehle zu gebrauchen. Ich stieß durch Zufall darauf, und es wäre mir nie eingefallen, daß noch jemand anders als ich die gleiche Erfahrung gemacht haben könnte. Daher verknüpfte ich dieses durchdringende, köstliche Gefühl auch nicht mit dem Mord, der Cletus Smith aus Lincoln vertrieben hatte, oder mit dem, was andere Männer und Frauen taten, und zwar mit Fug und Recht, sofern sie verheiratet waren. Und auch nicht damit, worüber ältere Jungen im Umkleideraum in der Schule redeten. Es war eine nahezu passive, völlig private Leidenschaft, die mich zu zwei Jungen werden ließ, von denen der eine zur High-School ging, gewissenhaft seine Hausaufgaben ablieferte, sich um die Mitgliedschaft im Gesangverein und im Debattierclub bemühte und sich nach der Schule lang und breit mit seinem Mathematiklehrer unterhielt. Der andere war ein Grübler und von Schuldgefühlen geplagt und wünschte sich von anderen Leuten nichts, als daß sie sich absentierten.

Wenn ich im Bett lag und das Licht ausgeknipst hatte, wurden die zwei Jungen wieder zu einem, und ich dachte an die Antenne auf dem Dach und an die kalte Luft über unserem Haus, die von unbekannten Stimmen und Tanzmusik aus einem Sender in der Stadt und aus Stationen in Springfield und Peoria und Bloomington und Danville und Chicago und Kansas City erfüllt war. Im College las ich zum erstenmal Shakespeares *Sturm* und wurde sofort an das erinnert, was sich über dem Haus in Park Place abspielte.

Mein Vater wurde befördert, was hieß, er würde nun im Chicagoer Büro der Feuerversicherung arbeiten und jeden Abend nach Hause kommen wie andere Männer auch. In seinem Alter wollte er nicht mehr von einer Kleinstadt zur anderen reisen und Eisenbahnfahrplänen ausgeliefert sein. Auch war er ehrgeizig und freute sich, daß sie ihn haben wollten. Meine Stiefmutter konnte sich nicht mit dem Gedanken abfinden, Lincoln und ihre Familie und ihre Freundinnen verlassen zu müssen. Nacht für Nacht weinte sie, wenn sie und mein Vater hinter der geschlossenen Tür ihres Zimmers miteinander redeten. Erst nach einigen Jahren war sie imstande zu sagen, sie lebe lieber in Chicago, aber nie mehr war sie so unbeschwert wie vor dem Weggang aus Lincoln.

Der Umzug nach Chicago erfolgte im März, aber ich blieb, um das Schuljahr zu beenden. Ich wurde von der alten Mrs. McGrath aufgenommen. Ihr Haus hatte nur zwei Schlafzimmer, und drei Monate lang schliefen Grace' Bruder Ted und ich in seinem Zimmer, in zwei Himmelbetten. Man hätte meinen können, die Gesellschaft eines Schuljungen sei das einzige, was seinem so angenehmen Leben bisher noch gefehlt habe. Nachts nahm er sein Toupet ab und hängte es an einen Bettpfosten, und beim Ausziehen teilte er mir seine Lieblingsweisheiten mit, wie zum Beispiel: »Die Ehe treibt den Mädchen das Kichern aus« oder »Man kann einen Menschen nicht verärgern, indem man ihm Geld gibt« oder »Alles Kleine ist hübsch«. Am Morgen, vor der Schule, quetschten wir uns zu dritt in die Eßnische neben der Küche und frühstückten Buchweizenpfannkuchen mit Ahornsirup. Ich hatte das unabweisbare Gefühl, daß ich ihnen eine Menge Umstände machte, aber wahrscheinlich stimmte das gar nicht.

Als es Zeit für mich war, nach Chicago zu gehen, fuhren Ted und ein anderer von Grace' Brüdern mich hin, wobei sie auf dem Weg haltmachten, um eine Kiesgrube in Joliet in Augenschein zu nehmen. In Chicago stiegen sie im Hotel La Salle ab, und wir aßen zu Mittag. Während ich mit offenem Mund die getäfelte Decke anstarrte, wie ich noch nie eine gesehen hatte, stopften sie mir Zehn-Dollar-Scheine in die Taschen. Ich wußte nicht, ob es richtig war, das Geld anzunehmen oder nicht, und versuchte, es abzulehnen, aber sie versicherten mir, es sei vollkommen in Ordnung, mein Vater würde nichts dagegen haben, und schließlich nahm ich die Hälfte. Anstatt mit der Hochbahn zu fahren, wie ich es erwartet hatte, fuhren wir die ganze Straße vom Loop nach Rogers Park im Taxi, und so konnte ich die Stadt sehen. Während ich an der Sheridan Road aus dem Fenster guckte, beobachteten sie mich und hatten solche

Freude an dem Vergnügen, das sie mir bereiteten, daß auch mein letztes bißchen Widerstand wich und ich nicht nur begriff, wie durch und durch großzügig sie waren, sondern auch, daß Großzügigkeit vielleicht das größte Vergnügen überhaupt ist.

Unser Zuhause war nun eine Wohnung im ersten Stock eines zweistöckigen Backsteingebäudes. Das Haus stand in einer Querstraße westlich von der Sheridan Road in ruhiger Umgebung, und der Michigansee war nur einen kurzen Spaziergang von unserer Wohnung entfernt. Es gab noch viele große, altmodische Einfamilienhäuser mit Veranden und Bäumen und einer Art Rasenplatz, die sehr behaglich wirkten. Mein Vater verschaffte mir in seinem Büro eine Stelle als Registrator, und er und ich fuhren gemeinsam mit der Hochbahn zur Arbeit. Am Abend standen die Jungen gewöhnlich in Grüppchen mit ihren Fahrrädern auf dem Bürgersteig herum, und ich ging an ihnen vorbei, mit trockenem Mund und den Blick fest auf irgend etwas am Ende der Straße geheftet. Normalerweise landete ich am See, wo ich mich auf einen Steinhaufen setzte und über das Wasser sah. So ging das fast den ganzen Sommer, bis mir eines Abends ein Fahrrad den Weg versperrte. Der Junge, der, das Rad zwischen den Beinen, dastand, fragte mich, ob ich Jude sei. Das war kein Antisemitismus, er war bloß neugierig. Der Kreis öffnete sich und nahm mich auf. Das heißt, ich konnte mit ihnen herumstehen, und keiner hatte etwas dagegen.

Nach dem Tag der Arbeit begann die Schule. In einer großstädtischen High-School mit dreitausend Studenten, in der nach dem Unterricht noch sehr viel los war – Jazzband, Fechten, Philatelistenclub, Geschichtsclub, Französischclub, Laienspielgruppe, Orchester, Fotoclub, Schach- und Dameclub, Architektur-Arbeitsgemeinschaft und so weiter –, ließ einen das Versagen im Sport nicht zum Gespött der anderen werden. Einmal kam bei einer Turnstunde im Freien ein Fußball durch die Luft geflogen, und es gelang mir, ihn festzuhalten. Das war, lange nachdem die Klasse die Erwartung aufgegeben hatte, ich würde jemals etwas fangen, und es herrschten allgemein Freude und Ungläubigkeit. Aber sie ärgerten mich nie. Sie nahmen mich, wie ich war. Es war schließlich keine Kleinstadt, sondern eine riesige Großstadt, und in dieser Schule gab es niemanden, der nicht akzeptiert worden wäre.

Das Schulgebäude war aus grauem Stein und riesig groß. Es war zehnmal größer als die alte, überfüllte, aus gelben Ziegeln erbaute High-School in Lincoln, und die Klassenräume, zu denen ich mußte, lagen manchmal weit auseinander. Eines Tages, in der ersten Unterrichtswoche, rannte ich einen Korridor entlang, an dessen Wänden in langen Reihen Metallschränke standen, als ich plötzlich Cletus Smith auf mich zukommen sah. Es war, als wäre er von den Toten auferstanden. Er sagte nichts. Ich sagte nichts. Wir gingen einfach immer weiter, bis wir aneinander vorbei waren. Und danach gab es für mich keine Möglichkeit mehr, das Geschehene ungeschehen zu machen.

Warum sagte ich nichts zu ihm? Ich glaube, weil ich so überrascht war. Und weil ich nicht wußte, was ich sagen sollte. Ich wußte nicht, was in dieser Situation angemessen gewesen wäre. Ich konnte doch nicht sagen: »Es tut mir leid wegen des Mords und überhaupt«, oder? In griechischen Tragödien versucht der Chor niemals, den unbeteiligten Zuschauer zu trösten, vielmehr beklagt er, wobei er sich an Allgemeinplätze hält, das Schicksal des Menschengeschlechts, dessen Fehler es sei, überhaupt geboren zu werden.

Wenn ich der alte Mann gewesen wäre, der ich heute bin, dann hätte ich vielleicht einfach seinen Namen gerufen. Oder traurig den Kopf geschüttelt und gesagt: »Ich weiß, ich weiß ...« Aber wäre das besser gewesen? Ich war kein alter Mann, die Spürhunde waren nie hinter meinem Vater hergewesen, und ich wußte nicht (wie hätte es überhaupt jemand wissen können, wie oft passiert einem dreizehnjährigen Jungen so etwas?), was er durchgemacht hatte. Ebensowenig wie jemand, der sich nie die Finger in der Autotür eingeklemmt hat, weiß, wie das ist.

Von Zeit zu Zeit findet man Jungen erhängt an einem Dachsparren oder von einem Gewehr erschossen, das angeblich aus Versehen losging. Man wundert sich, daß es so selten geschieht.

Heute denke ich – ich denke, wenn ich umgekehrt und neben ihm hergegangen wäre und nichts gesagt hätte, wäre es vielleicht das richtige gewesen. Aber das denke ich *heute*. Ich habe all die Jahre gebraucht, um mir überhaupt vorzustellen, daß ich dies hätte tun können; aber ich hatte Matheunterricht im ersten Stock, genau am anderen Ende des Gebäudes, und kaum genug Zeit, es dorthin zu schaffen, bevor es läutete.

5

Besitzerstolz

Bis ich sechs war, hielt mein Vater ein Kutschpferd, und an heißen Juliabenden fuhren wir oft von unserem Haus in der Neunten Straße aus los, um uns abzukühlen. Manchmal wurde das Ehepaar von nebenan dazu eingeladen. Mein Bruder saß auf dem Vordersitz zwischen meinem Vater und Dr. Donald, und ich saß hinten, zwischen Mrs. Donald und meiner Mutter. Der Hund kam auch mit – obwohl wir ihm alle »Ab nach Hause!« zuschrien, trottete er mit heraushängender Zunge zwischen den Kutschrädern mit.

Gleichgültig, welche Straße aus der Stadt hinaus mein Vater einschlug, kaum waren wir draußen auf dem Land, sah die Landschaft fast überall gleich aus. Gepflügte Äcker oder Weiden bis an den Horizont. Ab und zu Bäume, unter die sich die Rinder in der Hitze am Tag stellen konnten, und die Felder waren mit Gelbholzhecken abgeteilt, in denen zahllose Vögel nisteten.

Das Gespräch auf dem Vordersitz der Kutsche drehte sich um das, was beiderseits der Straße wuchs: Mais, Weizen, Roggen, Hafer, Luzerne. Die Frauen, blind gegenüber diesem grünen Reichtum, sprachen über Näharbeiten und »Rezepturen« – das Wort, das sie für Kochrezepte benutzten. Ich war in einem Alter, in dem ich für alles empfänglich war, das wie etwas aussah, was es nicht war, und als wir an einer Ansammlung von

Briefkästen vorbeifuhren, drehte ich mich um und blickte zurück. Sie erinnerten mich an langbeinige Stelzvögel, obwohl wir uns in beträchtlicher Entfernung von allem befanden, was ein Gewässer genannt werden konnte.

Dr. Donald besaß Land in der Nähe von Mason City. Die achtzig Morgen große Farm, die mein Vater vielleicht geerbt hätte, war zu seinem ewigen Leidwesen von meinen Großeltern verkauft worden. Da er aber sparsam lebte und die Hälfte seines Gehalts auf die Seite legte, war es ihm gelungen, eine Farm zu kaufen, die nur ein bißchen zu weit weg lag, um mit Pferd und Wagen hinzufahren, und weil er sich sein eigenes Land nicht ansehen konnte, wie er es zweifellos gern getan hätte, genoß er es, das Land anderer Leute anzuschauen. Mit einer Peitschenbewegung lenkte er dann Dr. Donalds Aufmerksamkeit auf einen großen, schön gebauten Stall, und sie waren beide voll der Bewunderung. Von Natur aus meinem Zuhause liebevoll zugetan, betrachtete ich nun diese Häuser. Wie freudlos sie aussahen, verglichen mit unserem Haus in der Stadt. Keine großen schattenspendenden Bäume, keine geräumige Veranda vor dem Haus, die zum Sitzen einlud, keine Nachbarn weit und breit. Wenn Blumen zu sehen waren, dann höchstens ein paar staubige Stockrosen oder auf einem Baumstumpf etwas Kapuzinerkresse in einer Blechschüssel.

Angenommen, Cletus hätte mich einmal für einen ganzen Tag besucht, als wir noch kleine Kinder waren. Ein Hund wäre uns überallhin nachgelaufen. Und im Stall wäre ein Pferd gewesen, eine hohe Kutsche mit roten Rädern, Heu, Säcke mit Hafer und so weiter. Aber dann wäre er dahintergekommen, daß ich das Pferd nie vor die Kutsche spannte und daß wir es nicht ungesattelt reiten konnten, um die Kühe zusammenzutreiben, weil wir keine hatten. Unser Haus war viel größer und behaglicher als seines, und im Hof dahinter gab es einen Sandhaufen, aber was war schon ein Sandhaufen, verglichen mit einem Pferdestall, einem Kuhstall, Schuppen, Maisspeichern, einem Hühnerhaus, einem Rübenkeller, einem Brunnen, einem Windrad, einer Pferdetränke und einem Badetümpel? In der Stadt gab es Kardinalvögel und Drosseln und Prachtmeisen und Baltimore-Pirole, aber er hatte die Turteltaube, die ewig bang fragende Baumwachtel, den Uhu und den Ziegenmelker.

Mein Vater verkaufte das Pferd und die Kutsche, riß den Stall ab und baute eine Garage für den neuen siebensitzigen Chalmers, und nun konnten wir nach Mt. Pulaski fahren, wo er seine Farm hatte. Ich hing ihm ständig am Rockzipfel, und so wurde ich einen Reichtum gewahr, der nicht sichtbar war, sondern den Gerüchen entströmte: ausgetrocknetes Holz, rostendes Ackergerät, Düngerhaufen, Schweinekoben, Schafgarbe und Zwiebelgras, ungelöschter Kalk im Außenabort, im Frühling der Frost, der aus dem Boden wich, im Sommer das Heu, das gemäht auf der Wiese lag. Wenn ich alles bedenke, dann bezweifle ich sehr, ob Cletus erpicht darauf gewesen wäre, mit mir zu tauschen.

Der schwarze, fruchtbare Boden des Logan-Distrikts gehörte (und soviel ich weiß, gehört er immer noch) Leuten, deren Vorfahren aus Kentucky oder Indiana oder Ohio kamen und nicht mehr mitbrachten, als sie in einem schaukelnden Planwagen unterbringen konnten. Sie steckten soviel Land ab, wie sie Lust hatten, und machten es langsam urbar, indem sie jedes Jahr ein paar Morgen mehr pflügten. Ihre Kinder und Enkel, die auf diesem Land geboren wurden, fühlten, daß sie dorthin gehörten. Ihre Urenkel aber verkauften entweder ihr Erbteil oder nahmen sich jemanden, der das Land für sie bestellte. So lebten sie in der Stadt recht behaglich in großen alten Häusern, die weit von der Straße zurückgesetzt standen, und hatten ein Auge darauf, was draußen auf dem Lande geschah, und wenn die Ernte am Getreidespeicher abgeliefert wurde, bekamen sie, wie es üblich war, die Hälfte des Profits. Sie sahen einen Pächter nicht als ihresgleichen an, ebensowenig wie einen Zimmermann oder Steinmetz oder Maurer. Den Farmer, dem das Land gehörte, das er bestellte, konnten sie akzeptieren und taten es auch. Als Cletus und ich zusammen spielten, kam die Frage nach der gesellschaftlichen Stellung nicht auf. Auch auf dem Schulhof existierte sie nicht. Sie war etwas, was die Menschen befiel, wenn sie älter wurden. Die Namen an den Briefkästen, die mein kindliches Interesse weckten, bewiesen zur Genüge, daß die Pächter von demselben Schlag waren wie die Städter, die gesellschaftlich auf sie herabblickten. Ihre Vorfahren waren vielleicht mit einer späteren Welle europäischer Einwanderer gekommen und hatten festgestellt, daß nicht mehr viel Land für eineinviertel Dollar der Morgen zu haben war. Oder sie waren durch einen Unglücksfall in der Familie niedergehalten worden. Oder es fehlte ihnen einfach das Talent, es in der Welt zu etwas zu bringen.

Wenn man an einem Samstagabend über den Platz vor dem Gerichtsgebäude spazierte, erkannte man die Pächter und ihre Familien auf der Stelle. Man sah sofort, daß sie sich in der Stadt nicht wie zu Hause fühlten und daß sie sich zur gegenseitigen Stärkung aneinander klammerten. Die Kleider der Frauen sollten nicht schick, sondern so strapazierfähig sein, daß sie ihre Trägerinnen überdauerten. Die Nacken der Männer waren mahagonifarben und tief zerfurcht. Ihre Hände waren breit und wirkten geschwollen oder verkrüppelt, und manchmal fehlten ein oder zwei Finger. Die unzufrieden herunterhängenden Schultern habe ich mir möglicherweise eingebildet, weil es mir nicht gefallen hätte, das Land nicht zu besitzen, das ich bestellte. Sehr wahrscheinlich gefiel es ihnen auch nicht, aber die Landwirtschaft lag ihnen im Blut, und es hätte ihnen nicht gelegen, mit Grundstücken zu handeln oder auf der Bank Zahlenkolonnen zusammenzuzählen.

Am siebenten Tage ruhten sie, das heißt, sie zogen sich ihre guten Sachen an, spannten das Pferd wieder an und fuhren zu irgendeiner Dorfkirche, wo sie auf harten Kirchenbänken mit steilen Rückenlehnen saßen und teilnahmslos den Prediger anstarrten, der vor ihnen hin und her stolzierte und sich neue Wege überlegte, wie er sie davon überzeugen konnte, daß sie tief in Sünden steckten.

Wenn ich wüßte, wo Cletus Smith sich in diesem Moment aufhält, ginge ich zu ihm und erklärte ihm alles. Oder versuchte es. Es ist nicht nur möglich, sondern mehr als wahrscheinlich, daß ich ihm auch erklären müßte, wer ich bin. Und daß er keine Erinnerung an den Augenblick hat, der mich all die Jahre quälte. Er hat Dinge durchgemacht, die viel schlimmer waren. Es könnte sich herausstellen, daß ich die Anstrengung um meinetwillen und nicht um seinetwillen unternommen habe.

Ich weiß nicht, wo er ist. Es ist kaum anzunehmen, daß wir einander irgendwo zufällig begegnen, und wenn, daß wir uns wiedererkennen. Vielleicht ist er bereits tot.

Wenn der Zufall nicht zu Hilfe kommt, scheint mir die einzige Möglichkeit, mit ihm in Verbindung zu treten, nicht in der Gegenwart, sondern in der Vergangenheit zu liegen – in meinem Versuch, die Aussage zu rekonstruieren, zu der er niemals aufgerufen wurde. Dem unbestätigten Wort eines Zeugen, der nur in der Phantasie anwesend war, würde vor keinem Gericht geglaubt werden, wie es sich aber immer wieder gezeigt hat, ist auch die beeidete Aussage eines Zeugen, der zugegen war, nicht glaubhaft. Wenn irgendein Teil der folgenden Mischung aus Wahrheit und Dichtung den Leser nicht überzeugt, kann er ihn ignorieren, ich habe nichts dagegen. Ich würde mich an Tatsachen halten, wenn es welche gäbe.

Auch der Leser wird einiges an Einbildungskraft aufzubringen haben. Er muß sich einen Satz Karten vorstellen, der verdeckt auf einem Tisch ausgebreitet liegt, und dann muß er eine Karte aufdecken, nur ist es nicht die Herzacht oder der Karobube, sondern eine ganz gewöhnliche Viertelstunde aus Cletus' Vergangenheit. Aber zuerst muß ich einen Hund erfinden, wozu es keiner großen Fingerfertigkeit bedarf; wenn es Vieh gab, mußte auch ein Hund dasein, der sie zusammentreiben half. Damals – ich weiß nicht, wie es heute ist – waren Hofhunde gewöhnlich eine Mischung aus Collie und englischem Schäferhund. Die Anziehungskraft zwischen Hunden und heranwachsenden Jungen kann, glaube ich, vorausgesetzt werden. Äußerlich gibt es in der Familie kein Zeichen von Beunruhigung. Die zwei Farmen befinden sich auf der rechten Seite der neuen Asphaltstraße und haben eine gemeinsame Grenze. Das Haus der Wilsons mit seinen Stallungen und Schuppen liegt direkt an der Straße und einen halben Kilometer näher zur Stadt. Um dorthin zu gelangen, wo Cletus wohnt, muß man einen schmalen Weg entlangfahren, an dessen beiden Enden sich ein Tor befindet. Wenn es Zeit wird, daß Cletus aus der Schule heimkommt, zwängt sich der Hund unter den Toren durch und trottet die Straße entlang zu den Briefkästen, wo er sich an einem Platz, den er sich im hohen Gras getrampelt hat, niederläßt und die Schnauze auf die Pfoten legt. Auch diese Briefkästen stehen auf Pfosten und sehen wie Stelzvögel aus.

In den wenigen Jahren, seit mein Vater Pferd und Kutsche abgeschafft hat, hat sich die Landschaft verändert. Sie gleicht jetzt einer Tischplatte, die Bäume sind zum größten Teil gefällt, die Hecken sind gerodet, und an ihre Stelle sind Stacheldrahtzäune getreten – was mehr urbar gemachtes Land, mehr Geld auf der Bank, aber auch völliges Ausgesetztsein zur Folge hat. Heute kann jeder sehen, was einst nur dem Auge des Falken vorbehalten war, wenn er langsam seine Kreise zog.

Wenn ein Pferdewagen oder ein Ford Modell T vorbeifährt, folgt ihm der Hund mit den Augen, hebt aber nicht den Kopf. Er wartet auf einen Jungen auf einem Fahrrad.

Die Pächter, deren Namen auf den Briefkästen stehen, unter denen der Hund darauf wartet, daß Cletus von der Schule heimkommt, wenden die Worte der Heiligen Schrift auf ihr Leben an, soweit es ihnen möglich ist. Dazu gehört das Gebot, seinem Nächsten zu tun, wie man will, daß er einem tue. Und sie klammern sich aneinander, wenn sie in der Stadt sind, vor allem weil sie sich keine Situation vorstellen können, in der die Leute, die sie in den Geschäften und auf den Bürgersteigen sehen (und die sie ihrerseits nicht zu sehen scheinen), möglicherweise ihre Hilfe brauchen könnten. Auf dem Land ist es anders.

Das Fahrrad ist leuchtend blau gestrichen, und Cletus hat es erst seit drei Monaten. Als er es zum erstenmal sah, unter dem Weihnachtsbaum, blieb ihm fast das Herz stehen. An Regentagen geht er lieber zu Fuß zur Schule, als daß er es alt und rostig werden läßt wie die anderen Räder in dem Holzständer neben dem aus einem Raum bestehenden Schulhaus. Während der Hund neben ihm hertrabt, radelt er das letzte Stück Straße entlang, als ginge es um sein Leben. Der Hund wartet jedesmal, bis er das Tor geschlossen hat, dann trottet er selbstbewußt voraus, als fände der Junge ohne ihn nicht nach Hause. Scharrende Hühner haben dem Gras auf dem Hof den Garaus gemacht, und das Haus könnte einen neuen Anstrich gebrauchen, aber das Dach ist dicht, und die Ställe sind nicht am Einstürzen. Der Hund folgt Cletus bis auf die Veranda und hinterläßt überall, wo er hintritt, deutliche Spuren. Mit schiefgelegtem Kopf sieht er zu, wie der Junge seine Schulbücher neben die Tür legt und sich bückt, um die Schnürsenkel zu lösen. Sein Kopf ist jetzt auf gleicher Höhe mit dem des Hundes. Der buschige Schwanz wedelt gewinnend. Der Junge beugt sich vor, so daß der Hund seinen Atem riechen kann, und als Cletus den Atem des Hundes riecht, zieht er angeekelt die Nase kraus.

»Puh! Was hast du denn gefressen? Tote Fische?« Irgend etwas Totes.

Niemand kann sagen, wie lange der Hund ihn noch in seine achatfarbenen Augen sehen ließe. Ewig wahrscheinlich. Er hat sich dem Jungen zum Geschenk gemacht, und nichts, was dieser tut oder nicht tut, wird ihn dazu bringen, es zurückzunehmen. »Braver Hund«, sagt er und streift die Schuhe ab. Der Hund ist nicht so dumm zu versuchen, mit ihm ins Haus zu schlüpfen, aber das heißt nicht, daß er gern draußen bleibt. Zentimeter um Zentimeter zieht er seine lange, spitze, empfindliche Nase zurück, bis die Tür zu ist. Dann winselt er leise, womit er den Jungen auffordert, sich erweichen zu lassen.

Sehen wir uns nun die Küche an, in die der Hund nicht darf. Dampfbeschlagene Fenster. Zinkflächen, die ihren Glanz verloren haben. Holz, das vom Scheuern samten geworden ist. Der Herd und zwei Eimer Wasser daneben zum Nachgießen, wenn der Behälter leer ist. Der Wasserkessel. Die weißemaillierte Kaffeekanne. Die Streichholzbüchse aus Blech an der Wand. Die Holzkiste, der Spülstein, der Kamm, der an einer Schnur hängt, das Handtuch. Die Petroleumlampe mit dem weißen Glasschirm. Der Reliefdruckkalender. Die Küchenstühle, einige mit einem Riß in der Sitzfläche. Das brüchige Wachstuch auf dem Küchentisch. Der Geruch von Octagonseife. Einem gleichgültigen Auge erscheint sie wie jede Farmküche im Umkreis von hundert Kilometern, aber keine der anderen hätte in absoluter Stille darauf gewartet, daß Cletus von der Schule heimkäme, oder wäre ihm erschienen wie alles, was sein Herz begehrt, wenn er aus der Kälte hereinkommt.

Wenn Cletus am Weidezaun steht, kommt ein altes weißes Arbeitspferd zu ihm, denn es erwartet ein Stück Würfelzucker und hofft möglicherweise, daß man es liebt. Cletus liebt es sowieso. Und wenn er die Kühe zusammentreibt, reitet er lieber auf ihm als auf allen anderen Pferden. Und wenn er Tränen zu vergießen hat, lehnt er die Stirn an seinen seidigen Hals.

Am Tage liegt der Himmel wie eine umgedrehte Schüssel über der Prärie. In einer klaren Nacht ist er manchmal mit Sternen besät.

Wenn Cletus von der Schule nach Hause kommt, sieht er oft Mrs. Wilson und ihre zwei kleinen Jungen draußen bei der Wäscheleine. Obwohl er einen Sturz riskiert, nimmt er beide Hände von der Lenkstange und winkt, und sie winken zurück.

Es ist kein Zufall, daß Cletus oft in Wilsons Wagen sitzt, wenn die beiden Familien gemeinsam zur Kirche oder am Unabhängigkeitstag zum Feuerwerk in die Stadt fahren. Sie sind seine zweite Familie. Wenn seine Mutter ihn zu Wilsons schickt, weil sie plötzlich entdeckt, daß ihr die Vanille oder der Nelkenpfeffer ausgegangen ist, besteht gute Aussicht, daß Mrs. Wilson von einem Laib Brot, den sie gerade aus dem Ofen geholt hat, eine Scheibe abschneidet, Butter und Marmelade darauf streicht und sie ihm gibt. Aber auch ohne das mag er sie gern; er mag sie, weil sie immer dieselbe ist.

Als er in die Schule kam, zeigten ihm die Wilson-Töchter die Abkürzung über die Felder zur anderen Straße und dem Schulhaus, das nur aus einem Zimmer bestand, und Hazel mußte der Lehrerin seinen Namen sagen. Weil ihn all die fremden Jungen und Mädchen anstarrten, konnte er einfach nicht mehr reden. Die Lehrerin war jung und hübsch und brachte ihm bei, wie man die bunte Kreide hält.

Wenn Cletus etwas wissen will und sein Vater nicht da ist, um es ihm zu sagen, geht er Mr. Wilson suchen. Der nicht die Geduld mit ihm verliert, wenn er es nicht gleich beim ersten Versuch richtig hinkriegt. Wenn Mr. Wilson zu Cletus' Vater sagt: »Heute morgen habe ich einen Fasanenhahn über die Straße fliegen sehen, ich nehme an, du hast keine Lust, dir den Nachmittag zum Jagen freizunehmen«, ist es abgemachte Sache, daß Cletus sie begleitet, vorausgesetzt, es ist kein Schultag. Seine Mutter hatte Angst und wollte, daß er wartete, bis er älter wäre, aber Mr. Wilson sagte: »Besser, er lernt es jetzt, wo er noch nicht so viele andere Dinge im Kopf hat ... Hier, Junge. So mußt du's halten. Den Schaft gegen die rechte Schulter. Und du hältst beide Augen offen und visierst über den Lauf das Korn an. Wenn du die Regeln befolgst, die dir dein Vater beibringt, und du nicht mit irgendeinem Trottel mitgehst, der noch nie ein Gewehr in der Hand gehabt hat, kannst du nicht in die Patsche geraten.«

Manchmal legt er beim Sprechen die Hand auf Cletus' Schulter. In solchen Momenten hat Cletus das Gefühl, ganz gleich, was er vielleicht täte, und selbst wenn es etwas ganz Schlimmes wäre, wofür er ins Gefängnis müßte, Mr. Wilson würde es verstehen. Und zu ihm halten. Nicht, daß sein Vater das nicht auch würde, aber Mr. Wilson ist jemand, mit dem Cletus nicht einmal verwandt ist.

Wenn in dieser flachen Landschaft ein Mann irgendwo draußen auf den Feldern auf seine Pferde schimpft, ist er weithin zu hören. Alle Geräusche reichen weit: die Glocke, die zum Essen ruft; Räder, die durch einen Viehzaun rollen, das Rattern von Landmaschinen. Wenn der Benzinmotor spuckt und abstirbt oder sich die Messer der Mähmaschine verklemmen, weiß Cletus, daß Mr. Wilson, einen halben Kilometer entfernt, es gehört hat und darauf wartet, daß das Geräusch des Motors oder der Mähmaschine wieder einsetzt. Wenn das nicht geschieht, läßt er seine Arbeit liegen und kommt über die Weide nachsehen, was los ist. Dann suchen sein Vater und Mr. Wilson den Fehler, wobei sich ihre Köpfe fast berühren. Schraubenschlüssel und Zangen wandern zwischen ihnen mit solcher Vertrautheit hin und her, als besäßen sie ihre vier Hände gemeinsam.

Im Hochsommer, wenn Gewitterwolken am blauen Himmel aufziehen, könnte es das Heu seines Vaters sein, das sie auf den Wagen werfen, oder es könnte das von Mr. Wilson sein. Sie wissen es natürlich, aber es ist unwichtig. Wenn die Heumacher keinen Schatten mehr werfen, heißt das, daß die Sonne hinter einer riesigen, bedrohlichen dunkelgrauen Wolke verschwunden ist. Ein leichter Wind kommt auf, und sie arbeiten schneller. Sie sehen nicht einmal rasch zum Himmel. Das brauchen sie nicht. Die heikel ausbalancierte Ladung wächst höher und höher. Wenn der Wagen nichts mehr faßt, klettern sie hinauf und eilen der Scheune zu, und mit den ersten Regentropfen, die auf die Eichenblätter klatschen, gratulieren sie sich, daß sie das Heu rechtzeitig ins Trockene gebracht haben. Das passiert nicht bloß einmal, sondern Jahr für Jahr.

Was Clarence Smith betraf, so hatte ihm noch nie ein Mensch ein so aufrichtiges und verläßliches Interesse entgegengebracht, und er bemühte sich nach Kräften, es mit gleicher Münze zurückzuzahlen. Wenn bei Lloyd Wilson ein Kalb krank war, holte er, statt den Tierarzt zu rufen, Clarence, damit er sich das Tier ansah, und Clarence blieb die ganze Nacht auf und behandelte es und hielt es mit Decken warm. Am Morgen wurde Cletus früh wach, schlug die Bettdecke zurück, zog sich an und rannte den ganzen Weg zum Stall und kam gerade rechtzeitig dort an, um zu sehen, wie sich das Kalb wieder aufrappelte. Sein Vater sagte: »Ich schätze, das war's«, wischte Mr. Wilsons Dank beiseite, und sie gingen heim.

Und wenn sein Vater im Frühjahr wegen des vielen Regens mit dem Pflügen in Verzug gerät, kommt Mr. Wilson nach dem Abendessen mit seinem Pferd und dem Pflug, und dann pflügen sie zusammen im Mondlicht das weiter südlich gelegene Land.

Cletus glaubt, das weiter südlich gelegene Land sei ihres. In Wirklichkeit gehört es jemand anders. Land, Ställe, Schuppen, das Haus – alles außer dem Vieh und den Maschinen – gehören Colonel Dowling, dessen stumpfnasiger Franklin oft an der Wegmündung parkt. Welches Getreide angebaut und zu welchem Preis verkauft wird, ist seine Entscheidung. Die Blitzableiter am Haus und an den beiden Ställen sind seine Idee. Es ist natürlich recht, sein Vertrauen auf Gott zu setzen. Aber in Maßen. Bei Dingen, die der Mensch ohne Seine Hilfe schafft, sollte man ihn nicht um Seinen Schutz bitten. Seitdem der Franklin einmal derart im Schlamm des Zufahrtsweges steckenblieb, daß der Pächter mit Arbeitern kommen und ihn herausziehen mußte, setzt Colonel Dowling sein Vertrauen auch nicht mehr auf seinen Franklin, sondern sagt sich, er könne genausogut das Auto am Straßenrand stehenlassen und zu Fuß weitergehen.

Er hat es aus eigener Kraft zu etwas gebracht. Sein Vater war Tagelöhner und trank mehr, als ihm guttat, fiel vom Gerüst, brach sich den Hals und hinterließ eine Witwe mit sechs Kindern, die großgezogen werden mußten. Sie tat es, indem sie für andere Leute wusch. Ed Dowling kämpfte sich in der Welt nach oben, heiratete eine Frau mit Geld und wurde ein Gentleman. Das war kein kleiner Sieg, aber es trennte ihn ein wenig von seinen Brüdern und Schwestern, die es sich nicht verkneifen können, sich hinter seinem Rücken über ihn lustig zu machen.

Ein Gentleman hat nicht eine Garnitur Umgangsformen für arme Leute und eine zweite für jemanden, der ebensoviel verdient wie er selbst. Niemals betritt er das Farmhaus, ohne anzuklopfen. Obwohl es rechtlich seines ist. Und er denkt daran, sich den Frühjahrsschmutz von den Schuhen abzustreifen. Er legt auch stets Wert darauf, Cletus' Mutter zu fragen, ob sie mit der Lage der Dinge zufrieden ist, und das könnte dazu führen, daß er sich anbietet, für die Farbe aufzukommen, wenn sie meint, die Küche brauche einen neuen Anstrich. Er ist immer höflich zu ihr, und er kennt die Namen der Jungen. Wenn das alles ist, was er von ihnen weiß, braucht man sich nicht groß darüber zu wundern. Ein Farmersjunge ist wie der andere. Ausnahmslos alle sind ihm gegenüber wortkarg.

Zufrieden, daß die Frau seines Pächters eine so gute Hausfrau ist, interessiert ihn das erste Stockwerk nicht, und daher weiß er nichts von dem Buch *Tom Swift und seine Flugmaschine*, das in dem kleinen Zimmer rechts am oberen Treppenabsatz zwischen den Staubflocken unter dem Bett liegt, mit zerrissenem Rücken, die aufgeschlagenen Seiten nach unten gekehrt.

Colonel Dowling ist älter als Cletus' Vater und hat schneeweißes Haar, und Cletus findet es ganz natürlich, daß sein Vater den Älteren mit »Colonel« anredet und Colonel Dowling seinen Vater »Clarence« nennt, wenn sie an der Pumpe stehen und miteinander reden oder gemeinsam über die Felder spazieren. Aber manchmal bringt der Colonel einen Freund mit, jemanden aus der Stadt, der nicht die geringste Ahnung von Landwirtschaft hat, und obwohl Cletus' Vater direkt daneben steht, sagt er dann »mein Mais« oder »mein Hafer« oder »mein Abflußgraben«. Wenn er es zu oft sagt, bleibt Cletus zurück, damit er es nicht hören muß. Auch wenn sein Vater, nachdem er seit zwölf Jahren dieses Land bestellt, keinen Besitzerstolz empfindet, Cletus tut es.

Eine weitere Karte aus demselben Spiel: sein Bruder Wayne, der acht Jahre jünger ist als er. Wayne und Cletus sind so verschieden wie Tag und Nacht, sagen die Leute. Oder, anders ausgedrückt, so verschieden, wie es das älteste und das zweitgeborene Kind oft sind.

Wenn Cletus seiner Mutter zusieht, wie sie Waynes Kinn in der Hand hält und ihm mit dem nassen Kamm einen Scheitel zieht, erinnert er sich, daß sie das auch bei ihm gemacht hat.

Den ganzen Weg von der Schule nach Hause jagen Wolken über den Himmel, und die Luft ist warm und feucht. Wayne sitzt auf den Verandastufen, als Cletus in den Hof radelt. Er hat eine Erdbeerkiste auseinandergenommen und baut aus den dünnen Holzstückchen ein Flugzeug. Cletus steigt über ihn hinweg, bückt sich und versucht, es ihm wegzunehmen, um daran etwas zu verbessern, aber Wayne reißt es wieder an sich.

»Tante Jenny ist da«, sagt er. »Irgend jemand hat sie aus der Stadt mitgenommen. Und zum Abendbrot gibt's Erdbeerkuchen.«

Außer Jenny Evans, die die Schwester ihrer Mutter ist, hat Fern Smith keine lebenden Verwandten. Ihre Mutter starb, als sie drei war, und ihr Vater gab sie zu Tante Jenny und ging in den Westen, wo er eine Stelle auf einer Viehranch in Wyoming fand. Ab und zu schickte er Geld, nie sehr viel. Jetzt ist auch er tot. Genauso wie Tom Evans, Jennys Mann.

Wenn die Leute älter werden, werden sie einander immer ähnlicher in Charakter und Aussehen, und sie könnten alle dasselbe Leben führen. Oder fast. Ganz allein in dem kleinen Haus gegenüber vom Rummelplatz, spricht Tante Jenny mit dem Heißwasserhahn, der tropft, und der Küchenschublade, die manchmal klemmt. Sie singt auch, meistens Kirchenlieder, mit hoher, zittriger Stimme: »O Haupt voll Blut und Wunden« und »Warum muß ich so traurig gehen« und »Wie prächtig wird die Heimstatt sein / Da Deine Jünger ziehen ein …« Ohne es zu wollen, ist sie dick geworden, aber sie ißt so wenig, daß sie eigentlich bald verhungern müßte, und deswegen kann sie nichts dagegen tun. Manchmal arbeitet sie als Krankenpflegerin, und wenn sie nach Hause kommt, setzt sie sich an den Küchentisch und läßt ihre Füße in einer Schüssel mit heißem Wasser und Epsomsalz einweichen. Wenn sie zu Bett geht und die Sprungfedern unter ihrem Gewicht knarren, stöhnt sie vor Vergnügen, weil sie auf einem Gegenstand liegt, der sie so gut versteht.

Das Gesicht, das in dem ungerahmten Spiegel über dem Küchenausguß auftaucht und wieder verschwindet, ist das einer alten Frau, auf deren Kinn Haare wachsen, deren Zähne die Nacht in einem Wasserglas verbringen, deren Brille zwei verschiedene Stärken hat, weshalb sie leicht ins Leere tritt, wenn sie nicht vorsichtig ist. Sie ist voller Ängste, die durch die Katastrophen genährt werden, von denen sie in der Zeitung liest. Die Vorder- und die Hintertür sind Tag und Nacht gegen Spitzbuben verschlossen, gegen einen Mann, dessen untere Gesichtshälfte vermummt ist, gegen eine Lungenentzündung, einen Sturz. Trotzdem ist etwas Lebenslustiges in ihrem Wesen, das die Leute freut, wenn sie ihr auf der Straße begegnen, und gewöhnlich bleiben sie stehen, um mit ihr zu reden und von den Katastrophen zu hören. Sie beendet die Unterhaltung mit einem munteren »Das Leben ist kein Spaß«. Welcher vernünftige Mensch wollte ihr da nicht beipflichten.

Das Haus ist ihre einzige große Errungenschaft. Gegen alle Widrigkeiten hat sie es halten können. »Es ist ein Armeleutehaus«, sagt sie gern, »und es ist nicht viel dran.« Es eignet sich nicht dazu, damit zu prahlen, schon gar nicht gegenüber Leuten, die weniger haben. Die Hypothek ist abgezahlt, und sie muß keine Untermieter aufnehmen. Es gehört alles ihr – der gestutzte Trompetenbaum neben dem Bürgersteig, der Holzschuppen, die sich nach außen neigende Kellertür und die Verandalampe, die nicht brennt. Und auch die weißen Musselinvorhänge, die grau geworden und reif für den Lumpensack sind, der drei mal vier Meter große Linoleumbelag im Vorderzimmer, dessen Muster an einigen Stellen völlig abgetreten ist, die häßlichen roteichenen Möbel, die in jedem Trödelladen genauso zu finden wären, die Öldrucke von »Sir Galahad« und »Das Vögelchen« und der Geruch des Petroleumofens. Die beiden Zimmer oben sind im Sommer heiß und im Winter zu teuer zum Heizen, darum benutzt sie sie nicht. Das große Doppelbett, das die Haustür nahezu verstellt, läßt das vordere Zimmer merkwürdig aussehen, aber sie kümmert sich nicht mehr darum, was die Leute denken. Sie will hier sterben, in ihrem eigenen Haus, in ebendiesem Bett.

Indessen, sie steht nicht allein auf der Welt. Vom Rummelplatz zum ersten Zaunpfahl der Farm sind es wenig mehr als eineinhalb Kilometer, und wenn Tante Jenny traurig zumute ist, setzt sie sich ihren Hut auf, zieht den Mantel an und stattet ihnen mit einem Glas Traubengelee oder Pickles einen Besuch ab. Sie bemüht sich, nicht zu oft zu kommen, und sie ist darauf bedacht, niemals zwischen Mann und Frau Partei zu ergreifen. Selig sind die Friedfertigen, denn sie werden – das Himmelreich erlangen …? Gott schauen? Sie kann sich auf Anhieb nicht daran erinnern und nimmt sich immer wieder vor, die Bibel bei Matthäus 5 aufzuschlagen und nachzusehen, wie es heißt. Clarence ist nett zu ihr und bringt ihr Obst und Gemüse, das sie einmacht und mit dem sie über den Winter kommt. Fern läßt gewöhnlich Wayne bei ihr, wenn sie einkaufen geht. Dasselbe tat sie mit Cletus, als er klein war.

»Komm und gib deiner alten Tante einen Kuß«, sagt sie jetzt, als Cletus in der Tür auftaucht. »Ich weiß, du küßt nicht gern, aber es wird dich schon nicht umbringen, nicht dieses eine Mal.«

»Es wird gleich regnen«, sagt er, aber entweder hört ihn seine Mutter nicht, oder sie bringt, was er eben gesagt hat, nicht mit der Wäsche auf der Leine in Verbindung. Er geht nach oben, zieht seine Schulsachen aus und hängt sie an einen schon überladenen Kleiderhaken. Das Zimmer wird nach und nach dunkler, als der heftige Regen, der über die Prärie heranzieht, näher kommt.

Auch im tiefsten Winter bezieht das Zimmer Wärme nur durch den Lüftungsschlitz im Fußboden. Stimmen dringen ebenfalls herauf. Obwohl er die Unterhaltung im Zimmer unten hören kann, gelingt es ihm, sie nicht zu verstehen. Was sich anhört, als rücke jemand Möbel herum, ist der erste Donner, leise und weit weg.

Das Wasser im Porzellankrug stammt aus der Zisterne, es ist Regenwasser und rostfarben. Er gießt die Schüssel voll, und sofort trübt sich das Wasser von der Seife und dem Schmutz an seinen Händen. Aus dem Zimmer unten hört er: »Glücklicherweise habe ich Zeugen.«

Ihn, unter anderem. Sie – seine Mutter – weint manchmal nachts. Die Wände sind dünn. Wenn er wach liegt, hört er Drohungen, die er nicht ernst zu nehmen versucht, und Vorwürfe, die er nicht begreift. Und er beneidet den Hund, der den Kopf auf die Pfoten legen und einschlafen kann, wenn ihm der Lauf der Dinge nicht gefällt.

Regentropfen spritzen gegen die Fensterscheibe, und er dreht sich um und sieht hinaus. Die Baumkronen schwanken im Wind. Der Himmel hinter dem Windrad ist grünlich, fast schwarz, und seine Mutter und Tante Jenny zerren, die Mäntel über dem Kopf, die Laken von der Leine. Ein Blitz läßt alles bleich erscheinen, dann folgt tiefes, rollendes Donnern.

Er seift seine Hände langsam weiter ein, versunken in einen Tagtraum von einem Motorrad, das er im Sears-Roebuck-Katalog gesehen hat.

Wie sich Tante Jenny zur Farm hingezogen fühlt, so verspürt der Knecht Victor Jensen den Sog der Stadt. Gutgelaunt macht er sich früh am Morgen des Heldengedenktages fein und bricht auf, die Hauptstraße hinunter. Desgleichen am Unabhängigkeitstag und am Tag der Arbeit. Obwohl sie wissen, worauf er zusteuert, geben sie sich keine Mühe, ihn aufzuhalten. Es ist seine Entschädigung dafür, daß er zu niemandem gehört und niemanden hat, der zu ihm gehört. Er ist zum Melken nicht zurück, und dann wissen sie, daß er überhaupt nicht zurückkommen wird. Wenn sie am Morgen zu seiner Kammer im Stall gehen, ist sein Bett unberührt. Mehrere Nachbarn erzählen, sie hätten ihn in der Stadt gesehen – während der Parade oder auf dem Platz vor dem Gerichtsgebäude oder beim Platzkonzert: torkelnd.

Zwei Tage später fährt ein Wagen den Weg herauf und hält. Cletus öffnet die Tür, und Lloyd Wilson sagt: »Ich habe eben Victor auf der Straße überholt. Er marschierte in diese Richtung, und ich habe versucht, ihn zum Einsteigen zu bewegen, aber er wollte nicht. Ich dachte, es interessiert euch vielleicht.« Cletus und sein Vater gehen den Knecht suchen und finden ihn, einen halben Kilometer vom Haus entfernt, in einem Graben und bringen ihn in seiner Kammer im Stall ins Bett. Vom Alkoholgestank seines Atems und dem getrockneten Erbrochenen auf seinen Sachen abgesehen, ist es, als zöge man ein Kind aus. Am nächsten Tag ist er pünktlich auf, um bei der Arbeit zu helfen. Er ist totenblaß, und seine Hände zittern. Niemand erwähnt seine Abwesenheit, und er ist nicht zerknirscht – bloß in sich gekehrt. Als sei er einer Vorladung gefolgt und in keiner Weise verantwortlich für das, was passierte.

Noch eine Karte: die Katzen laufen Cletus zur Begrüßung entgegen, wenn er in den Stall kommt. Sein Vater ist schon da und melkt Flossie, und Victor melkt die neue Kuh. »Tut mir leid, daß ich zu spät komme«, sagt Cletus, nimmt sich einen Milcheimer und einen Schemel und setzt sich neben die Alte Bess, und nun melken sie zu dritt, *gschsch-gschsch*, in ungefähr dem gleichen Rhythmus. Melken kann er nicht so gut wie sein Vater, aber keiner kann das. Als sein Vater in Cletus'

Alter war, melkte er morgens und abends fünfzehn Kühe. Die Milch in den Kübeln steigt langsam, und die Alte Bess schafft es wie üblich, ihn mit dem Schwanz ins Auge zu treffen.

»Ich dachte, ich hätte dir gesagt, du sollst direkt von der Schule nach Hause kommen.«

»Die Lehrerin hat mich dabehalten.«

»Hast du Dummheiten gemacht?«

»Ich mußte bleiben und eine Rechenprüfung nachholen. Beim erstenmal bin ich durchgefallen.«

»Dafür schicke ich dich nicht zur Schule.«

»Ich weiß.«

Wenn Cletus nicht zur Schule ginge, würde ihn das wenig kümmern. So wie es hier draußen ist, darauf kommt es an. Er kann gar nicht schnell genug groß werden. Wenn er groß ist, wird es nichts geben, was sein Vater kann und er nicht.

Er sitzt am Küchentisch, den Kopf über seine Rechenaufgabe gebeugt. Alle Augenblicke steckt er die Spitze seines Bleistifts in den Mund, damit die Zahlen schwarz statt grau werden. Auch hier drängt die Dunkelheit von draußen gegen die Fensterscheiben, aber sie sind zu sehr daran gewöhnt, um es zu bemerken.

»Ich muß nach Hause«, sagt Mr. Wilson und geht nicht.

Außer den unerläßlichen Arbeiten ruht die ganze Landwirtschaft. Hoher Schnee liegt auf der Erde und in noch viel höheren Verwehungen, wo er auf ein Hindernis traf. Die hölzernen Zaunpfähle und das Brunnendach tragen Mützen, und Eiszapfen hängen von den Dachrinnen.

Sein Vater und Mr. Wilson reden über die jeweiligen

Vorzüge von Klee und Luzerne, um den Boden vor Erosion zu bewahren. Cletus würde diesem Gespräch gern folgen, aber vor ihm liegen zwölf Aufgaben, und er hat erst die Hälfte geschafft. »Wieviel ist neun mal sieben?« fragt er seine Mutter, die es ihm sagt, dann legt sie ihr Kinn auf Waynes Locken und sagt nur ein Wort: »Schlafenszeit.« Wayne möchte, daß Cletus mit ihm nach oben geht.

»Warum muß er sich immer wie ein Kleinkind benehmen? Oben gibt es nichts, das ihm was Böses tut.«

»Ach, sei lieb und geh mit. Du hast dich früher auch im Dunkeln gefürchtet. Du erinnerst dich nur nicht mehr daran.«

Also klappt er sein Buch zu und steht vom Tisch auf, obwohl er mit den Hausaufgaben noch nicht fertig ist und die Lehrerin wahrscheinlich böse auf ihn sein wird.

Die Lehrerin war nicht böse auf ihn, wie sich herausstellte. Sie weiß, er ist ein lieber Junge und gibt sich Mühe.

Der Regen trommelt auf das Blechdach des Schuppens neben der Küche, wo die Zentrifuge steht und Cletus' Mutter sie die Arbeitsschuhe ausziehen läßt, damit sie den Dreck vom Hof und den Mist nicht ins Haus schleppen. Er bindet seine Schnürsenkel zu und stürmt los, und der Hund springt dicht hinter ihm her. Als sie am Pferdestall ankommen, liegt ihm das Haar am Kopf an, und das Hemd klebt ihm am Rücken. Der Hund drängt sich so eng wie möglich an ihn und schüttelt sich dann.

»Vielen Dank! Was würdest du sagen, wenn ich das mit dir mache?«

Er ist nicht wirklich böse auf ihn, und der Hund sieht nicht schuldbewußt aus. Beide wissen, daß er das einfach tun muß, weil er ein Hund ist. Es ist warm und trocken im Stall, und bald hört Cletus auf zu zittern. Er mistet die Boxen aus und legt frisches Heu für die Pferde hin und füllt die Wasserkübel, und die ganze Zeit freut er sich über den Anblick des Regens, der jenseits der offenen Tür auf die gepflügten Äcker fällt.

In der Nacht gibt er Wayne einen Knuff und sagt: »Rück ein Stück, du drängelst mich aus dem Bett.« Manchmal plappert Cletus im Schlaf. Meistens liegen sie zusammengerollt in dem Bett, das nicht sehr groß ist, und schlafen wie Steine. Der Nordwind, der um die Hausecke pfeift, sorgt dafür, daß sie noch tiefer schlafen.

Als sich Clarence Smith für den Kirchgang ein sauberes weißes Hemd anzieht, entdeckt er, daß Fern den Kragen nicht gewaschen hat. Und ist böse auf sie. Er muß seinen Pflichten nachkommen und sie ihren, von denen eine ist, darauf zu achten, daß er saubere Sachen anzuziehen hat.

Die kleine Dorfkirche ist voll mit Nachbarn, die alle saubere Kragen haben. Als die Liednummer bekanntgegeben wird, stehen sie auf und fallen mit dem Dröhnen ihrer Bauernstimmen in das Keuchen der kleinen Orgel ein. Weil der Prediger gesagt hat, daß der Sinn der Gleichnisse dunkel und erklärungsbedürftig sei, bleibt ihnen nichts weiter übrig, als ihm zu glauben. Mit den Einzelheiten – dem großen Abendmahl, dem verlorenen Schaf, dem unfruchtbaren Weinberg, dem ungetreuen Knecht, dem Sämann und dem heimlich ausgestreuten Samen – sind sie vertraut, und die verstehen sie. Über der durchsichtigen Kuppel, unter der sie leben und arbeiten, wölbt sich eine noch prächtigere, wo sie in großen Häusern wohnen werden, die darauf warten, sie aufzunehmen, wenn sie mit der Landarbeit ein für allemal fertig sind.

Was Clarence Smith sieht, als er seiner Frau nach der Kirche auf den Vordersitz des Wagens hilft, ist eine Frau, die seine ihm im Angesicht Gottes rechtmäßig angetraute Ehefrau ist und ihm Liebe, Achtung und Gehorsam schuldet. Andere, unbeteiligte Leute sehen, daß etwas Trauriges an ihr ist, als lebe sie zu sehr in der Vergangenheit oder erwarte vielleicht vom Leben mehr, als billig ist.

6

Lloyd Wilsons Geschichte

Obwohl er Brüder hatte, mit denen er sich gut verstand, war der Mensch, an den er sich zum täglichen Umgang oder wenn ihn etwas bedrückte, wandte, der überernsthafte Mann auf der Nachbarfarm. Nach zwölf Jahren konnte er kaum mehr glauben, daß es einmal Zeiten gegeben hatte, da er und Clarence keine Freunde waren. Am Abend, in der unermeßlichen Dunkelheit, stammte der einzige Lichtschein, den er sehen konnte, vom Haus der Smith'.

Er erinnerte sich an den Tag, als sie ankamen. Es war ein naßkalter, regnerischer, windiger Tag im März. Er pflügte gerade neben der Straße, als er einen fremden, mit Hausrat hoch beladenen Wagen den Weg zu Colonel Dowlings Besitz hinauffahren sah, und er warf dem Pferd die Zügel über den Hals und machte sich über die Felder auf den Weg. Als er am Haus anlangte, war die Vordertür nicht zugeschlossen, sondern stand offen, und die neuen Nachbarn waren draußen und schauten sich um, um zu sehen, wo sie waren – der Mann, etwas unter Durchschnittsgröße, und eine junge Frau mit einem Säugling. Sie waren seit Tagesanbruch unterwegs gewesen. Sie konnten noch keine Dreißig sein, keiner von beiden, aber auf der Stirn des Mannes und in seinen Augenwinkeln zeichneten sich bereits Falten ab. Seine Stimme war leise, und wenn er auf etwas mit einer

Handbewegung statt mit Worten hinweisen konnte, tat er es. Und was Lloyd Wilson auffiel, war, wie wehrlos er wirkte.

Mit »Langsam … langsam … jetzt Ihre Seite … etwas mehr … mehr … noch ein bißchen« manövrierten die beiden Männer einen schweren Kleiderschrank die Treppe hinauf und durch eine schmale Tür. Man brauchte kein guter Menschenkenner zu sein, um zu sehen, daß die Frau etwas Besseres erhofft hatte und der Mann nachsichtig gegen sie war. Sie schien nicht zu wissen, was als erstes tun. In der Stadt aufgewachsen, dachte er sich. Und als er bemerkte, wie dünn ihre Handgelenke waren, sagte er: »Hier, Ma'am, geben Sie her. Das ist für eine Frau zu schwer.« Während er mit ihren Möbeln und ihrem Geschirr und mit Kiste um Kiste der Besitztümer hantierte, von denen sie sich nicht hatten trennen können, fand er an diesem ersten Tag Dinge über sie heraus, die zu erfahren er unter normalen Umständen Jahre gebraucht hätte. Er stupste das Baby mit dem Zeigefinger sanft in den Bauch und brachte es zum Lächeln. »Habe selber zwei«, sagte er und wandte sich ab. Er stieß auf die Frau, die verloren mitten in der Küche stand, aus der alles herausgerissen war, sogar der Herd, und sagte: »Meine Frau erwartet Sie alle zum Abendbrot.« Das stimmte zwar nicht, aber das war gleichgültig. Und sie wußten sowieso, daß sie sie nicht erwarten konnte, weil niemand von ihrer Ankunft wußte. Als sich die anderen zum Essen hinsetzten, stillte Fern ihr Baby im Schaukelstuhl in der Wohnstube. Später begleitete er die neuen Nachbarn zu ihrem Haus zurück und wartete, bis sie die Lampen angezündet hatten.

Im Grundbuch des Distriktssyndikus waren die einhundertsechzig Morgen Land, die Lloyd Wilson bestellte, als Eigentum von Mrs. Mildred Stroud eingetragen. Es störte ihn nicht, oder zumindest störte es ihn nicht sehr, daß die Kühe ihm gehörten, nicht aber das Gras, das sie fraßen. Die Pacht, die er für die Weidefläche zu zahlen hatte, war nicht übermäßig. Sein Vater hatte das Land vor ihm bebaut und mit den Jahren genügend Geld zusammengespart, so daß er, als seine Gesundheit nachließ und er die Landwirtschaft aufgeben mußte, den Rest seiner Tage in der Stadt verbringen konnte.

Mrs. Stroud war eine Frau Anfang Fünfzig mit zwei unverheirateten Töchtern, die zu Hause lebten und über die finanziellen Verhältnisse der Mutter im unklaren gelassen wurden, wie Mrs. Stroud ihrerseits über die finanziellen Verhältnisse ihres Mannes im unklaren gelassen worden war – bis er plötzlich starb und der Direktor der Bank ihr die Sachlage auseinandersetzte. Er fing an, als spräche er mit einem Kind, mußte sich dann aber kurzerhand am Riemen reißen. Er war der festen Meinung, Frauen verstünden nichts von Geldangelegenheiten, aber diese Frau war zufällig nicht so, und die Fragen, die sie ihm stellte, waren genau die Fragen, die er lieber nicht beantwortet hätte. Es war völlig unmöglich, sie zu übervorteilen. Auch unbeabsichtigte Fehler entgingen ihr nicht. Wie fast alle äußerst gescheiten Leute unterschätzte sie die Intelligenz von anderen. Sie hätte wieder heiraten können, tat es jedoch nicht, weil das bedeutet hätte, darüber sprechen zu müssen, was sie mit ihrem Geld machte.

Sie tauchte häufig auf ihrem Hof auf, ohne sich ihrem Pächter vorher anzukündigen. Wenn sie das täte, was wäre dann der Sinn ihres Kommens? Wenn sie Lloyd

Wilson wegen irgendeiner Nachlässigkeit maßregelte, räusperte er sich und befeuchtete die Lippen, als wolle er sich mit ihr streiten, doch statt dessen wandte er sich ab und tat so, als habe in diesem Augenblick etwas anderes, ein Stück rechts oder links von ihnen, seine Aufmerksamkeit in Anspruch genommen. Andere Male war er, die Mütze in der Hand, so übertrieben zuvorkommend, daß man es für eine reine Unverschämtheit hätte halten können, aber das übersah sie einfach. Sie wußte, weil sie es sich zur Aufgabe gemacht hatte, alles über ihn zu wissen, wenn er seinen Mais nicht rechtzeitig in die Erde gebracht hatte, dann wahrscheinlich deshalb, weil er den Mais von irgend jemand anders stecken half – einem Nachbarn, der das wegen Krankheit oder aus anderen Gründen nicht selbst tun konnte. Sie hätte ein Problem aus der Sache machen können, sah jedoch davon ab. Letzten Endes wurde ihr Mais ja gesteckt, und sie mußte nie draufzahlen. Es war das Prinzip, das hinter der Sache steckte, gegen das sie etwas hatte. Als ihr Pächter sollte er in erster Linie ihr verantwortlich sein. Wenn ihr die Art, wie er Landwirtschaft betrieb, nicht gefiel, konnte sie ihn bitten, zu gehen, und einen anderen Pächter an seine Stelle setzen, aber sie wußten beide, daß das so schnell nicht geschehen würde.

Das Geheimnis, das Mildred Stroud ihm verschwieg, wenn auch nicht sich selbst, war, daß sie ihn körperlich anziehend fand. Aber sie war fünfzehn Jahre älter als er, und da sie die Grausamkeit der Klatschmäuler von Lincoln kannte, zog sie es vor, ihnen keinen Gesprächsstoff zu liefern. Und außerdem kam das sowieso nicht in Frage.

Auf einem Grashalm kauend, sagte er (das war zu der Zeit, als er und Clarence noch Freunde waren und er sagen konnte, was ihm in den Sinn kam, weil er wußte, es würde nicht weitererzählt oder falsch verstanden werden): »Eine gute Ehefrau ist immer müde, leidet an Rückenschmerzen und Kopfweh und rückt im Bett von ihrem Mann weg, weil sie keine Kinder mehr haben will.« Und Clarence nahm an, daß es nicht irgendeine Ehefrau war, von der er sprach.

Was Lloyd Wilson nicht sagte (weil dagegen sowieso niemand etwas tun konnte, und warum sollte er Clarence seinen Kummer aufbürden, wenn man es überhaupt so nennen konnte), das war, daß er anscheinend nicht mehr zu den Gefühlen fähig war, wie er sie früher empfunden hatte. Er war sich der guten Eigenschaften seiner Frau vollkommen bewußt. Sie arbeitete wie eine Sklavin von morgens bis abends und stand ihren Mann. Sie war eine gute Mutter. An alldem gab es nichts zu rütteln. Manchmal meinte er, daß sie zu sehr aneinander gewöhnt waren. Er wußte ihre Meinung über fast alles und meistens auch, was sie sagen würde, noch ehe sie es sagte. Wenn sie Bruder und Schwester gewesen wären, es wäre nicht viel anders gewesen – außer, daß sie eifersüchtig war. Wenn er eine andere Frau auch nur ansah, benahm sie sich, als habe er etwas Unverzeihliches getan. Ein- oder zweimal steigerte sie sich dermaßen hinein, daß sie nach oben ging und anfing zu packen. Er wußte, daß jeder Überredungsversuch, zu dem er sich aufraffen konnte, halbherzig wäre und sie nicht umstimmen würde. Wenn sie ihn unbedingt verlassen wollte, gab es nichts, was er dagegen tun konnte. Sie verließ ihn nicht, sie drohte nur. Keine von diesen Frauen bedeute ihm irgend etwas, sagte er. Und mit abgewandtem Gesicht erwiderte sie: »Das Schlimme ist nur, ich bedeute dir auch nichts.«

Ob er selbst zu diesem Schluß gekommen wäre, wenn sie ihn nicht in Worte gekleidet und ihn damit aus der Fassung gebracht hätte, konnte er nicht sagen. Er wußte nur, daß er sich wünschte, sie hätte es nicht ausgesprochen. Er war bereit, für sie zu sorgen und sie mit Respekt zu behandeln, aber er konnte nicht einmal den Anschein des Gefühls aufbringen, das sie glücklich gemacht hätte.

Zwischen diesen Krisen lebten sie wie jedes andere verheiratete Paar. Man hätte an ihrer Stimme, wenn sie sagte: »Ich decke jetzt den Tisch, Lloyd«, oder an seiner Stimme, wenn er sagte: »Reich mir bitte Salz und Pfeffer«, nicht erkennen können, daß irgend etwas nicht stimmte.

Er fragte sich, ob andere Männer gegenüber ihren Frauen genauso empfanden oder ob nur er es war. Er war fast vierzig Jahre alt, und in letzter Zeit schien ihm, als lebe er schon sehr lange und als wäre so ziemlich alles, was ihm geschehen könnte, bereits geschehen.

Wenn die abendliche Arbeit getan war, spazierte er über den Hügel und redete, im Kuhstall an einen Pfosten gelehnt, ununterbrochen auf Clarence' Hinterkopf ein. Wenn Clarence und Victor die Milch zur Zentrifuge im Schuppen neben der Küche trugen, folgte er ihnen. Und von dort ins Haus. Alles, nur um nicht nach Hause gehen zu müssen. Manchmal sagte er sich, er sollte besser nicht so oft zu den Smith gehen. Er fürchtete, ihnen zur Last zu fallen, und brachte es dennoch nicht fertig, fortzubleiben. Eines Abends saß er in ihrer Küche und versuchte, ihnen zu sagen, wieviel ihm ihre Freundschaft bedeute, und brach dann verlegen ab, weil alles, was er sagen konnte, soviel geringer war als das, was er empfand.

»Du brauchst uns nichts zu erklären«, sagte Fern und lächelte ihm zu. »Und außerdem ist das nicht so einseitig, wie du offenbar meinst.« Dann wechselte sie das Thema.

Er lehnte sich zurück, froh, daß er gesprochen, und ebenso froh, daß sie ihn am Weiterreden gehindert hatte. Ihm war klar, daß es nicht bloß Höflichkeit gewesen war, was sie gesagt hatte. Sie waren ganz sie selbst in seiner Gegenwart, so als habe er ihnen versichert (das hatte er nicht, aber es stimmte trotzdem), daß er von ihnen nicht erwarte, anders zu sein, als sie waren. All das wurde unwiderruflich anders durch eine Veränderung in ihm, die so unerwartet kam, daß ihm schien, als sei sie eingetreten, ohne daß er es selbst bemerkte. Und danach konnte er ihnen gegenüber nicht mehr ungezwungen sein.

Er sagte im stillen (dennoch mit dem Wunsch, gehört zu werden): *Clarence, du solltest mir nicht trauen …* und rechnete halb damit, daß Clarence antworten würde: *Warum nicht?* Wenn Clarence geantwortet hätte, dann hätte er gesagt: *Weil ich mir mein ganzes Leben selber fremd gewesen bin.*

Er haßte sich, weil er schwach war, weil er keinen Willen hatte, es war nicht so, daß er nicht versucht hätte, die Gefühle zu beherrschen, von denen er wußte, daß er sie nicht haben durfte. Immer wieder meinte er, sie besiegt zu haben, und immer wieder stellte sich heraus, daß dem nicht so war. Vorwände für einen Besuch in den Ställen (wo sie nicht wäre, und deswegen war nichts Schlimmes dabei) oder im Haus (wo sie bestimmt wäre) fielen ihm dauernd ein. Viermal hintereinander blieb er standhaft, und beim fünftenmal ging er hastig zu Werke. Die Füße trugen ihn gegen seinen Willen hin. Er hätte ebensogut schon beim erstenmal nachgeben können.

Er suchte nach einem Hinweis auf ihre Gefühle und achtete sorgsam auf den Tonfall ihrer Stimme, wenn sie mit ihren Kindern oder mit Clarence sprach. Er wußte, wenn sie niedergeschlagen war. Er wußte auch, daß sie und Clarence sich wie die meisten Ehepaare manchmal stritten. Bildete er es sich ein oder stimmte es, daß sie besser miteinander auskamen und fröhlicher waren, wenn er in der Nähe war?

Wenn er täte, wovon er wußte, daß er es eigentlich tun sollte, nämlich nicht mehr hinzugehen, würde Clarence sich fragen, warum. Und sie auch. Die Vorstellung, daß sie überhaupt an ihn denken könnte, freute ihn. Den ganzen Tag dachte er an sie. Die Kühe spürten, wie wenig er bei der Sache war, drehten den Kopf, soweit es ihre Halsriemen zuließen, und sahen ihn ernst an.

Er seufzte, und einen Augenblick später seufzte er noch einmal – tiefe Seufzer, die von so tief her wie nur möglich zu kommen schienen. Dieser Abgestumpftheit entronnen zu sein, diesem Gefühl, daß alles, was er erwarten konnte, mehr vom immer gleichen war …

Aber er war vorsichtig. Er machte keine einzige Bemerkung, ohne sie vorher einzuüben. Und er enthielt sich beharrlich jeden Ausdrucks in seinem Gesicht aus Angst, es könnte der falsche sein, der ihn verriet. Auch mied er jedes helle Licht, wie die Lampe auf dem Küchentisch. Manchmal befiel ihn eine Schwäche, die Beine gaben nach, und er mußte sich irgendwo hinsetzen, aber das war leicht zu überspielen. Seine Stimme war es, die ihm am meisten Sorgen machte. Sie klang ihm falsch und überhaupt nicht wie seine Stimme.

Seine Frau gähnte, und kurz darauf gähnte sie noch einmal und packte die Stopfarbeit zusammen. »Wahrhaftig, es schneit«, sagte sie. Sie stand auf und ging ins Schlafzimmer, und er sah dem Schnee zu, der in dicken, wattigen Flocken herabfiel.

»Kommst du nicht auch, Lloyd?«

Er drehte den Docht herunter, bis die Lampe zischte und ausging. Dann ging er ins Nebenzimmer, setzte sich auf die Bettkante und begann, sich auszuziehen. *Solange sie nicht weiß, wie ich über sie denke …*

Er küßte ihre Lider.

»Aber warum würdest du so was machen wollen?« fragte Clarence.

»Tja, zunächst einmal ist das Land billig. Ich könnte meine eigene Farm besitzen und anbauen, was mir gefällt, und müßte den Gewinn nicht teilen.«

»Oder den Verlust, in einem schlechten Jahr. Du bist schon dein ganzes Leben auf der Stroud-Farm. Sie ist deine Heimat. Du kennst jeden Menschen im Umkreis von zig Kilometern, und sie kennen dich. Wenn du in Schwierigkeiten bist, kannst du auf Hilfe rechnen.«

»Nur zu wahr«, sagte Lloyd Wilson ernst. Er wußte, wenn Clarence nicht »Hilfe von mir« sagte, dann nur, weil er ihn nicht daran erinnern wollte, wie sehr er ihm zu Dank verpflichtet war.

»Wer weiß schon, wie's in Iowa ist. Vielleicht sind die Leute dort freundlich, vielleicht aber auch nicht.«

Was Fern dachte, konnte er nicht herausfinden. Gar nichts vielleicht. Vielleicht ärgerte sie sich über seine

Freundschaft mit Clarence und wäre froh, wenn er wegzog.

Sie stand mit umgebundener Schürze am Herd und spülte das Abendbrotgeschirr in einem Topf mit heißem Wasser. Sie hatte die Lampe auf ein Bord über ihrem Kopf gestellt, und das Licht fiel auf ihren Nacken, auf die Stelle, die bei Frauen und kleinen Kindern stets ihre Verwundbarkeit zu offenbaren scheint. Er sah auf die weichen blonden Haare, die dem Kamm entwischt waren, und dachte an all die Menschen, die wegen ihres Glaubens in großer Seelennot niedergekniet waren und denen der Kopf abgeschlagen worden war. Sein Herz floß über vor Liebe zu dieser Frau, und er bekam nicht mit, was Clarence sagte.

Als sie zusammen in die Stadt fuhren, sagte Clarence: »Fern ist heute morgen schlecht gelaunt.«

»Ach«, sagte er und versuchte, nicht interessierter zu wirken, als wenn Clarence gesagt hätte, er müsse irgendein Teil am Jauchewagen auswechseln.

»Ich möchte bloß wissen, was ihr über die Leber gelaufen ist.«

»Vielleicht gar nichts. Vielleicht ist sie nur müde oder fühlt sich nicht gut.«

»Vielleicht.«

»Auf jeden Fall bezweifle ich, daß sie heute morgen die einzige Frau im Logan-Distrikt ist, die schlecht gelaunt ist.«

»Manchmal kann man ihr nichts recht machen«, sagte Clarence, und damit war die Unterhaltung beendet. Aber sie hatte Lichtblicke eröffnet, wo es vorher keine gegeben hatte.

Er zog den Schlitz an der Vorderseite seiner Unterhose auseinander und urinierte in hohem Bogen auf die gefrorene Erde. Es glitzerte im Mondlicht. Er stand im Schatten des Verandadaches, wo er von keinem Vorbeifahrenden gesehen werden konnte – aber wer würde schon vor Tagesanbruch vorbeifahren? Das eine Knie angewinkelt und den Fuß gegen das Verandageländer gestemmt, stand er da und starrte in die Dunkelheit hinaus, wo *sie* war. Eine Minute verging und dann noch eine. Der erste Hahn krähte, obwohl das Licht im Osten sich noch nicht verändert hatte. Hinter ihm sagte eine Frauenstimme: »Lloyd, was in aller Welt machst du hier draußen?« Und er drehte sich um und ging ins Haus.

Er glaubte, sein Geheimnis sei sicher aufgehoben, bis er eines Tages in die Küche kam und fragte: »Wo ist Clarence?« und sie kühl erwiderte: »Warum heuchelst du noch immer Freundschaft, wenn du uns doch nicht mehr so magst wie früher?«

Er war sprachlos und fing an, sich zu verteidigen, und brach dann ab. Wenn er jetzt nicht sagte, was sein Herz bedrückte, konnte er sich genausogut irgendwo in ein Loch verkriechen und sterben. Sein Leben wäre nicht mehr wert, gelebt zu werden ...

So kam es heraus. Alles. Es strömte aus ihm heraus. Er erwartete, aus dem Haus gejagt zu werden, doch statt dessen sah sie ihn an, wie sie ihre Kinder ansah, wenn sie über irgend etwas bekümmert waren – als habe er als Mensch ein Recht auf seine Gefühle, wie immer sie auch waren. Als er sie in seine Arme nahm, erwiderte sie weder seinen Kuß, noch verweigerte sie ihn.

Sein Instinkt sagte ihm, es werde ein schlimmes Ende nehmen.

Eine Woche gingen sie einander aus dem Weg, aber immer wieder führte sie der Zufall zusammen, wenn niemand in ihrer Nähe war. Jedesmal wandten sie sich ab, ohne ein Wort zu sagen, ohne sich zu berühren. Und verstrickten sich tiefer und tiefer. Er war sich bewußt, daß es ihm leid tun müßte, aber es tat ihm nicht leid. Das hinderte ihn nicht, sich um den besten Freund, den er jemals hatte, zu grämen. Als ob Clarence ein Unfall zugestoßen wäre.

Der Strom der Erregung, der sein Herz durchflutete, war etwas, was er so noch nie empfunden hatte. Falls seine Frau, die mit dem Rücken zu ihm auf der anderen Seite des Bettes lag, wußte, daß er wach war, dann ließ sie es nicht erkennen. Durch das Geräusch ihres Atems beruhigt, zündete er ein Streichholz an und sah nach, wie spät es war. Es war ihm noch nie passiert, daß er nicht im selben Augenblick eingeschlafen war, da er den Kopf auf das Kissen legte. Jetzt verging Stunde um Stunde, und er hatte kein Bedürfnis nach Schlaf. Er fühlte sich wie neugeboren.

Er lag eine Weile auf der Seite und drehte sich dann um, wobei er sich bemühte, im Bett keine Unruhe zu erzeugen. Wenn alles anders gewesen wäre, wenn sie sich begegnet wären, als sie jung waren, ehe Clarence aufgetaucht war und ... wieder drehte er sich um. Er war es gewohnt, zu seinem Vater zu gehen, wenn er ein Problem hatte, das zu lösen seine Erfahrung vollkommen überstieg. Nun ging er zu seinem Vater und sagte: *Was soll ich machen?* Und sein Vater sagte: *Bleib auf dieser Seite der Grenzlinie, bis du darüber hinwegkommst.* Gewiß ein guter Rat, aber wenn er nicht darüber hinwegkam? Diese Frage schien sein Vater nicht beantworten zu wollen. Aber er wußte auch, wenn sein Vater eine Lösung gefunden hätte, dann wäre er daran nicht interessiert gewesen. Er drehte sich wieder um, so daß er auf dem Rücken lag, und Tränen der Dankbarkeit liefen ihm über das Gesicht, an den Ohren entlang, durch die Stoppeln an seinem Kinn, bis sie endlich vom Kissenbezug aufgenommen wurden, der nach Sonnenschein roch ...

Der Wecker klingelte und klingelte, bis er von allein aufhörte, aber er bewegte sich nicht. Als der Schlaf endlich gekommen war, hatte er ihn niedergestreckt. Seine Frau rüttelte ihn wach, und er bildete sich ein, er antworte ihr, aber er setzte sich nur im Bett auf, griff nach den Streichhölzern und zündete die Lampe an, um sich in ihrem Licht anzuziehen. Als er den Rost im Küchenherd rüttelte, wurde ihm plötzlich bewußt, wie ausgeschlossen von allen anderen sie nun waren. Und gezwungen zu lügen.

Es war nichts daran zu ändern. Er hatte nicht den Wunsch, sie nicht zu lieben. So einfach war das. Und mit der schwankenden Laterne in der Hand ging er hinaus in die Dunkelheit, wie an jedem Morgen – wie auch am letzten Morgen seines Lebens.

Clarence und der Knecht begannen, die vollen Milcheimer zur Zentrifuge in den Schuppen zu tragen, und als er ihnen nicht folgte, drehte Clarence sich um und sagte: »Kommst du nicht?«

»Heute abend nicht«, sagte er, nur um seine Vorwände beiseite schieben zu lassen.

Der Gedanke, mit ihr zu schlafen, lag ihm Tag und Nacht wie eine Binde über der Stirn.

Er wartete darauf, daß sie ihm sagte, wo sie sich treffen sollten und wann. Und war erstaunt über die Ausreden, die sie sich ausdachte, um zu ihm zu kommen. Ganz gleich, wie die Ausrede lautete, sie funktionierte immer. Durchaus nicht jede Ausrede funktionierte gleich gut. Er dachte: *Wenn Clarence unerwartet vom Feld kommt, und sie ist nicht da, und er fragt sich nicht, wo sie ist, oder sucht nach uns …* was ihn nicht hinderte, auch zu denken: *Wir können ihm das nicht weiter antun. Das hat er nicht verdient.*

Während er dem Pferd das Zaumzeug über die Nüstern streifte, fragte er sich, ob sie wohl schon das Tagesgespräch der Nachbarschaft waren.

»Ich habe Cletus dabei ertappt, wie er uns ansah.«

»Was willst du damit sagen?«

»Als wären wir Fremde.«

»Das bildest du dir ein«, sagte sie und küßte ihn.

Er fand Zettel in seiner Tasche, die sie ihm, ohne daß er es wußte, zugesteckt hatte und die Marie hätte finden können, wenn sie seine Sachen am Waschtag durchsah. Gab es welche, die er nicht rechtzeitig entdeckt hatte?

Er wartete darauf, daß seine Frau etwas sagte, aber sie schwieg.

Er nahm sich vor, Fern wegen der Zettel zu warnen, und vergaß es.

Falschheit und Betrug kannten keine Grenze, auch das Lächeln nicht, zu dem er sich zwang, und trotzdem ertappte er sich bei Unachtsamkeiten. Als er einmal vom Stall zum Haus ging, spürte er, wie Clarence den Arm um seine Schulter legte, und ehe er sich noch zurückhalten konnte, machte er einen Schritt zur Seite, um der körperlichen Berührung zu entgehen. Auch um sich einer Reaktion darauf zu entziehen, was bedeutet hätte, Clarence alles zu sagen und es hinter sich zu bringen. Als es zu spät war, wünschte er, er hätte es getan.

7

Mehr oder weniger unschuldige Geschöpfe

»Lloyd ist in den Wolken.«

Es war das erste Mal, daß Cletus den Ausdruck hörte, und offensichtlich bedeutete es nicht das, was man vermuten mochte.

»Weswegen?« fragte seine Mutter.

»Ich habe keine Ahnung«, sagte sein Vater.

Sie glaubte ihm keine Sekunde lang: sein Benehmen und seine Stimme und der Blick in seinen Augen, alles verriet ihn. Er verdächtigte sie. Wessen, war nicht zu sagen. Irgend etwas. Ein anderer wäre damit herausgerückt. Solange er so tat, als wüßte er nichts, waren ihr die Hände gebunden. Vielleicht war das seine Absicht.

Sie beobachtete ihn zwei Tage lang. Am Morgen des dritten fragte er, ob noch Kaffee da sei, da sagte sie vorwurfsvoll: »Du machst mir nichts vor! Ich weiß, daß du es weißt.«

Als sich herausstellte, daß sie sich geirrt hatte und er nichts wußte, gab es keine Möglichkeit mehr, ihre Worte zurückzunehmen. Es war, als öffnete sich plötzlich vor ihren Füßen ein Loch, und sie stürzten hinein.

Beim Friseur hängt über dem Spiegel ein gerahmtes buntes Plakat einer Frau mit Pompadourfrisur. Ihre stattliche Büste ragt aus einer Wasserlilie hervor. Sie hält elegant ein Fläschchen Augentropfen in der Hand und empfiehlt Murine für die Augen. An der gegenüberliegenden Wand hängt eine ganze Reihe Kalender für das Jahr 1921. Auf dem Linoleumboden liegen Strähnen glatten hellbraunen Haars. Vor einer Minute gehörten sie noch Cletus Smith. Jetzt warten sie auf den Besen. Die Wanduhr zeigt siebzehn Minuten nach zwei (*tick-tack, tick-tack*), und der Geruch von Pimentöl durchzieht die Luft. Cletus sitzt auf dem Friseurstuhl, den Kopf nach unten gedrückt, so daß sein Kinn auf dem Schlüsselbein aufliegt und er nur zur Seite blicken kann. Er sieht einen Schatten auf das Spiegelglasfenster fallen und sich dann hastig zurückziehen.

Mit einer Bewegung der Schere deutet der Friseur auf den Bürgersteig. »War das nicht dein Freund?«

Die Frage ist nicht an Cletus gerichtet, sondern an seinen Vater, der unter der Kalenderreihe wartet, bis er dran ist. Als keine Antwort kommt, ist der Friseur nicht beleidigt. Die Leute beantworteten entweder neugierige Fragen, dann erfuhr man etwas, was man vorher nicht wußte, oder sie gingen nicht darauf ein, und man fand, wenn man die Zeit abwartete, die Antwort sowieso heraus. Nicht mehr sein Freund, dachte er. Und dann zogen sich seine Augenbrauen in die Höhe über das, was er im Spiegel sah: der Junge war rot geworden.

Auf dem Feld, das gleich an der Straße lag, hockte Lloyd Wilson auf dem Sitz seines Traktors und hob nicht den Kopf, als Clarence mit Cletus in der zweisitzigen Kutsche vorbeifuhr.

Einmal begegneten sich die zwei Männer zufällig an den Briefkästen, aber danach achteten sie darauf, daß sie sich nirgendwo mehr trafen. Obwohl sie nicht mehr miteinander sprachen, konnten sie es nicht verhindern, daß sie sich aus der Ferne auf den Feldern sahen. Und abends bereiteten ihnen die erleuchteten Fenster des Hauses ihres Nachbarn, einst ein Trost, nur noch Unbehagen, weil sie eine Erinnerung an all das waren, was nicht mehr so wie früher war.

Fred Wilson legte die Abendzeitung weg, nahm die Brille ab und rieb sich die Augen. Die Familienähnlichkeit war einen Augenblick lang offensichtlich. »Na, morgen ist auch noch ein Tag«, sagte er und stand auf.

»Schlaf gut, Onkel Fred«, sagte Marie Wilson.

»Wenn nicht, weiß ich auch nicht, wem ich die Schuld geben kann, außer mir selbst«, sagte er heiter und ging in sein Zimmer hinter der Küche. Die Kinder sagten ihrer Mutter gute Nacht, dann ihrem Vater und gingen nach oben ins Bett. Die Uhr tickte, manchmal laut. Ein Holzscheit fiel im Herd zusammen. Lloyd Wilson wurde gewahr, daß die Stille im Raum anders war als sonst, und wappnete sich innerlich. Seine Frau rollte den Socken, den sie gerade fertiggestopft hatte, zu einem Ball zusammen und sagte: »Ist zwischen dir und Clarence etwas vorgefallen?«

»Nein.«

»Ihr habt euch nicht gestritten?«

»Nein.«

»Also, was *ist* denn dann?«

»Ich weiß es nicht.«

»Du meinst, du weißt nicht, wie du es mir sagen sollst?«

Er wußte nicht, wie er sie belügen sollte. Andere Leute ja, aber nicht sie. Er sagte langsam: »Ich schätze, genau das meine ich.« Er sah, daß ihr Gesicht sich rötete und Tränen in ihren Augen glänzten. »Wir –«

»Wenn es das ist, was ich mir denke, will ich nichts davon hören.«

»Es ist nur, daß wir ...«

»Ich habe dir gesagt, ich will nichts davon hören.«

»– es nicht verhindern konnten.«

»Und das macht es euch beiden leichter, möchte ich annehmen. Aber verlange bloß nicht, daß ich's auch glaube. Von jetzt an gehst du deinen Weg, und ich gehe meinen.«

Was sie mit dieser Bemerkung meinte, wußte er nicht, und es schien auch nicht der geeignete Zeitpunkt, danach zu fragen. Ihre Augen trafen sich, und er hatte Mühe, ihrem Blick nicht auszuweichen. Ihr vorwurfsvoller Blick und der fehlende Schneidezahn waren Dinge, womit er nicht gerechnet hatte, als sie vor dem Priester standen. Und sie wohl auch nicht, dachte er traurig.

Tage vergingen, und er war schon fast überzeugt, daß ihre Bemerkung nichts bedeutet hatte und die Dinge wieder so waren wie vorher, als sie ihm mitteilte, sie nehme die Kinder und ziehe zu ihrer Schwester in die Stadt.

Er sagte das erstbeste, was ihm in den Sinn kam: »Aber du kommst doch nicht mit ihr aus.«

»Ich weiß. Aber sie sagt, sie nimmt uns auf. Blut ist dicker als Wasser.«

Er lehnte sich zurück und hörte zu, wie sie unter ihr gemeinsames Eheleben den Schlußstrich zog. Kein einziges Mal stritt er sich mit ihr oder leugnete auch nur eine ihrer Feststellungen. Als es schließlich nichts mehr zu sagen gab, nahm sie die Lampe und ging ins Nebenzimmer, und er folgte ihr, und sie zogen sich aus und gingen zu Bett, als wäre nichts geschehen. Nach einer Weile sagte er im Dunkeln: »Du kannst die Mädchen mitnehmen, aber nicht die Jungen.«

Es kam keine Antwort von der anderen Seite des Bettes.

Er wußte, daß er sie selbst jetzt noch dazu überreden konnte, ihre Meinung zu ändern, aber wenn er es täte –

»Nie zuvor in meinem Leben bin ich glücklich gewesen«, sagte er, »und ich will nicht darauf verzichten.«

Weil im Wagen nicht für alles Platz war, nahmen sie nur die Babysachen mit und was der Rest von ihnen für die Nacht brauchte und ließen die abgewetzten Koffer und einen großen alten Lederreisekoffer zurück, die er am nächsten Tag bringen sollte. Keiner sprach auf dem Weg zur Stadt. Als er die Pferde zum Stehen brachte, waren die kleinen Mädchen bereit und sprangen nacheinander vom metallenen Trittbrett des Wagens. Hazel wartete, daß ihr die Mutter das Baby herunterreichte. »Seid schön brav«, rief er ihnen nach, aber sie waren zu verängstigt wegen dem, was vor sich ging, um sich umzudrehen und zu lächeln. Er wartete, bis sie alle im Haus verschwunden waren, dann ließ er die Peitsche knallen. Er hatte es nicht so weit kommen lassen wollen, und er hatte auch nicht bedacht, was als nächstes geschehen würde. Als er zur Farm zurückkam, hob sich seine Stimmung ohne Grund. Oder vielleicht, weil etwas, was so lange über ihnen geschwebt hatte, endlich eingetreten war und die Luft gereinigt hatte.

Fred stellte nie Fragen. Die kleinen Jungen konnten

nicht begreifen, warum ihre Mutter nicht mehr da war, und er wußte nicht, was sie ihnen vielleicht erzählt hatte, deswegen sagte er ihnen, sie sollten ruhig sein und ihr Abendbrot essen. In der Nacht hörte er Orville weinen und stand auf und nahm ihn mit in sein Bett, wo er augenblicklich einschlief. Aber danach ließ er sie sich in den Schlaf weinen in der Hoffnung, so kämen sie schneller darüber hinweg.

Er versuchte, ihnen Vater und Mutter zu sein, was nicht leicht war. Am Samstagabend stellte er den Waschzuber mitten in der Küche auf den Boden, füllte ihn mit warmem Wasser vom Herd, und sie stellten sich hinein. Er goß Seifenwasser über ihre schmalen Schultern, wie er es ihre Mutter hatte tun sehen, und untersuchte ihre Ohren nach Schmutz, aber seine Hände waren nicht so sanft oder so geübt wie ihre, und Dean sah ihn vorwurfsvoll an und sagte: »Du tust mir weh!«

»Dann mach's doch selber«, sagte er. Aber der Teufel sollte ihn holen, wenn er sie in der Stadt aufwachsen ließ, wo sie nicht lernten, wie man mit einer Axt umging oder eine gerade Furche pflügte.

Er hörte von einer Witwe in der Gegend von Harmon Springs, die bei Verwandten lebte und von ihnen abhängig war. Sie mochte für die Arbeit vielleicht etwas zu alt sein, aber wenn er eine Jüngere nähme, würden die Leute reden. »Ich muß mir das überlegen«, sagte sie, als er ihr erzählte, weshalb er gekommen war. Sie mußte es sich nicht sehr lange überlegen. Als er wieder in den Wagen stieg, flog die Haustür auf, und sie rief ihm zu, er solle warten, während sie ein paar Sachen zusammenpacke. Als sie es sich neben ihm auf dem Sitz bequem machte, sagte sie: »Nennen Sie mich einfach Mrs. B. – das tut jeder.« Sie meinte, jeder in Harmon Springs.

Teils weil sie auf beiden Augen den grauen Star hatte, teils wegen der Schwindelanfälle, die sie bekam, wenn sie sich hinkniete und mit dem Besen in dunklen Ecken herumstöberte, tat die Witwe herzlich wenig gegen den Staub, der von den gepflügten Feldern ins Haus wehte, und sie bemerkte auch nicht, daß Töpfe und Pfannen eine Fettschicht angesetzt hatten. Zu gern stand sie herum und redete, wobei ihr ein Zuhörer so lieb wie der andere war. »Unterbrechen Sie mich, wenn ich Ihnen das schon mal erzählt habe, ich möchte mich nicht wiederholen«, sagte sie, aber man konnte sie nicht unterbrechen oder auch nur ein Wort einwerfen.

Obwohl sie dankbar war, nicht mehr von den Almosen ihrer Vettern und Kusinen zweiten Grades abzuhängen, die die Augenbrauen hochzogen, wenn sie um noch etwas Huhn mit Soße bat, wurden ihr die Tage dennoch lang, und sie wünschte, daß die Leute häufiger vorbeischauten. Manche mochten sie für eine gewöhnliche Farmersfrau halten, aber der Staat Tennessee verdankte ihrer Familie einen Kongreßabgeordneten und einen Richter. »Na, Ma'am, Sie müssen ordentlich stolz auf sie sein«, sagte Lloyd Wilson, als er zur Tür hinausging.

Es überforderte sie, über sein Kommen und Gehen auf dem laufenden zu bleiben. Gerade, wenn sie meinte, er würde sich endlich hinsetzen und sie könnte die Dinge loswerden, die sie sich für ihn aufgehoben hatte, zog er die Jacke an und ging aus dem Haus – was er draußen tat, konnte sie sich nicht denken, da es draußen dunkel und die Arbeit getan war.

»Na, na«, sagte sie zu den kleinen Jungen, wenn sie mit dem Waschlappen hinter ihnen herlief, »wenn ihr so groß und stark wie euer Vater werden wollt, könnt ihr nichts gegen ein bißchen Seife haben.«

Es ist kein Verbrechen, Fragen zu stellen, besonders indirekte, und aus Fred Wilsons widerstrebenden Antworten konnte sich die Witwe ohne Schwierigkeiten zwei und zwei zusammenreimen. Sie fragte auch die kleinen Jungen nach ihrer Mutter aus und sagte geziert: »Ich hoffe, ich habe eines Tages das Vergnügen, sie kennenzulernen.«

Sie mochten sie nicht sehr, aber wenigstens war sie eine Frau und trug Röcke, und so lehnten sie sich manchmal an sie, aus Gewohnheit oder wenn sie ihre Mutter vermißten. Sie kamen sofort, wenn sie rief, und die übrige Zeit blieben sie zusammen, als hätten sie Angst, getrennt zu werden.

Wenn Cletus mit dem Fahrrad vorbeifuhr, war er sich bewußt, daß Mrs. Wilson nicht mehr da war – nur diese alte Frau. Keine Scheiben mehr von dem Brot, das noch warm vom Ofen war. Wenn er die kleinen Jungen oder Mr. Wilson sah, hielt er an und unterhielt sich mit ihnen. Mr. Wilson tat so, als wäre alles beim alten. »Cletus«, sagte er, »du siehst munter aus heute morgen. Meinst du, es wird noch mehr regnen?« Aber es war nicht dasselbe, wenn er nie mehr wie früher zu ihnen kam. Und die Wilson-Mädchen würden nicht in der Schule sein, um zu sehen, wie er die siebte Klasse hinter sich brachte.

Wayne hatte bei Tante Jenny einen Korb mit Spielsachen, aber statt damit zu spielen, lief er den ganzen Morgen hinter ihr her und redete ihr ein Loch in den Bauch – über Dinge, von denen sie nur eine vage Vorstellung hatte, denn sie hörte nur halb hin. Schließlich war ihre Geduld am Ende, und sie sagte: »Wayne, Schätzchen, sei doch mal einen Augenblick still, ich kann ja nicht mal meine eigenen Gedanken hören!« Und an der Art, wie er dastand und sie ansah, erkannte sie, daß er genau verstand, warum sie halb krank war über das, was da draußen auf dem Land geschah, und warum ihm seine Mutter nicht mehr wie früher ihre ungeteilte Aufmerksamkeit schenken konnte. »Nicht, daß es darauf ankäme, ob ich meine eigenen Gedanken höre oder nicht. Sei mir nicht böse, mein Herzblatt. Ich bin heute morgen nicht bei der Sache. Na, na«, und sie setzte sich in einen Schaukelstuhl, nahm ihn auf den Schoß, und er legte den Kopf an ihre Schulter, und sie schaukelten.

Nach einer Weile sagte er: »Tante Jenny, was ist, wenn – was ist, wenn Leute aufwachen, wenn sie begraben sind, und nicht rauskönnen?«

»Das kann nicht passieren. Sie sind schon im Himmel. Und am Auferstehungstag werden ihre Körper und ihre Seelen wieder zusammengefügt, und sie leben glücklich weiter bis in alle Ewigkeit.« Sie sah ihn an und merkte, daß er zum Teil glaubte, was sie sagte, und zum Teil auch wieder nicht, weil er die Krähen an den Kadavern toter Tiere hatte picken sehen.

Als seine Mutter ihn abholen kam, sammelte er seine Sachen zusammen und stand da und wartete, aber sie sagte: »Geh hinaus und spiel. Tante Jenny und ich haben noch etwas zu besprechen.«

Der Rummelplatz war leer. Der Zirkus war vor zehn Tagen weitergezogen, und für den Jahrmarkt war es noch zu früh. Es gab nichts zum Anschauen und niemanden, mit dem er reden konnte. Als es ihm zuviel wurde, noch länger auf der Treppe zu warten, ging er zurück ins Haus, und seine Mutter schickte ihn wieder hinaus.

Es wird von selbst aufhören, sagte sich Clarence, vorausgesetzt, er war geduldig und trieb Fern nicht dazu, irgendeine Dummheit zu begehen. Er war geduldig, bis zu einem gewissen Punkt. In seinen Augen war er sehr geduldig. Aber sie wußte, wo er die Grenze zog, und überschritt sie, indem sie ihm trotzte. Wenn er in Wut geriet, tat er Dinge, die er hinterher kaum glauben konnte. Einmal, als sie sich stritten, schrie sie, und Victor nahm einen Eimer Wasser und goß ihn über ihn. Der Schreck brachte ihn zur Besinnung. Er sah nach unten und bemerkte, daß er den Schürhaken in der Hand hatte.

Was *sie* tat, das tat sie absichtlich, und sie sagte nie, daß es ihr leid tue.

Jemand drehte den Docht der Lampe zu hoch, so daß sich über alles eine dünne Rußschicht legte. Er erwartete, daß sie in Tränen ausbrach und die Gardinen im Zimmer abnahm. Statt dessen lachte sie.

Er bat sie, mit ihm seine Eltern zu besuchen, und sie weigerte sich. »Aber wenn du nicht mitkommst, werden sie denken, daß wir uns nicht verstehen.«

»Was nur die Wahrheit ist.«

»Sie hatten schon genug Kummer in ihrem Leben. Ich möchte ihn nicht noch größer machen.«

»Das wirst du nicht«, sagte sie. »Sie wissen es. Jeder weiß es. Die Leute haben nichts anderes, woran sie denken.«

Weil es draußen noch zu tun gab, kapitulierte er und langte nach seiner Jacke.

Alle seine Socken hatten Löcher. Das Erdbeerbeet war voller Beeren, und sie dachte nicht daran, sie zu pflücken. Sie ließ die Bohnen an den Stauden, bis sie zum Essen zu groß waren. Er hatte keine Frau mehr – nur eine Gefangene.

Weil er zu lange nicht gegossen wurde, ging der Weihnachtskaktus am Fenster ein und landete auf dem Abfallhaufen. Wenn es Zeit für seinen Teller Reste war, kam der Hund, schlag sie hinunter und verzog sich wieder in seine Hütte. Die Katzen liefen Fern Smith überallhin nach, schnurrten wie immer und streckten die Schwänze steil in die Höhe. Da sie selbst weder treu noch gehorsam waren, sahen sie keinen Grund, weshalb die Frauen es sein sollten.

Die Witwe wußte, wenn sie lange genug auf Fred Wilson einredete, dann ließ er die Zeitung sinken, die sein Gesicht verdeckte, und hörte ihr zu. Ob er wollte oder nicht. Er hörte von den Gewohnheiten ihres verstorbenen Mannes und von dem schweren Leben, das sie geführt hatten – die vielen Krankheiten, der Verlust der Farm, weil sie die Abzahlung der Hypothek nicht einhalten konnten, der Tod des jüngsten Sohnes, ihres Lieblings, aufgrund eines durchgebrochenen Blinddarms, der Ältere, der sie nur selten besuchte, weil seine Frau Ärger machte, wenn er's tat, und die Tochter, die weit weg wohnte und nie schrieb, außer alle Jubeljahre, um ihr mitzuteilen, daß bei ihnen die Dinge nicht zum besten standen. Als Ausgleich für alle diese Mitteilungen, die er gar nicht hören wollte, fühlte Fred Wilson sich verpflichtet, ihr etwas zu erzählen, und so erzählte er ihr von der langen Krankheit seiner Frau. »Armes Ding«, sagte sie mitfühlend. »Aber nun hat sie's besser. Sie hat's endlich hinter sich.«

Als er sagte, wie dankbar er seinem Neffen sei, daß er ihn nach ihrem Tod aufgenommen habe, sagte die Witwe: »Aber wären Sie in einem eigenen Zuhause nicht glücklicher?«

»Ich habe meine Frau zu sehr geliebt, um jemals wieder zu heiraten«, sagte er fest. Er mochte vielleicht nicht jedermanns Gedanken lesen können, aber er hatte keine Mühe, die ihren zu lesen.

Die Witwe hatte aber noch andere Eisen im Feuer. Eines Tages begegnete sie Colonel Dowling auf dem Weg, der zu Smith' Haus führte, und er machte eine Verbeugung vor ihr, und sie kam nie darüber hinweg. Das gesellschaftliche Leben, das in ihrem Kopf stattfand, war lebhaft und bewahrte sie davor, einsam zu sein. Wenn Colonel Dowling sagte: *Mrs. B., hätten Sie Lust, mit mir im Auto eine Spazierfahrt zu machen?*, erwiderte sie: *Nein, danke* oder *Gut, da Sie darauf bestehen*, je nach Laune.

In Tante Jennys Haus, in einer Kommodenschublade, die mit allem möglichen weiblichen Krimskrams vollgestopft ist, liegt ein ovales Bild von ihr im Alter von dreiundzwanzig Jahren. Alle anderen Bilder von sich hat sie vernichtet. Sie war nie eine schöne Frau, aber auch nicht so unscheinbar, wie sie es sich einbildete. Als dieses Foto aufgenommen wurde, war sie bis über beide Ohren in Tom Evans verliebt, aber aus irgendeinem Grunde wird die Liebe, selbst die glühendste und verzweifeltste, vom Objektiv der Kamera nie eingefangen. Man könnte fast denken, es habe sie nicht gegeben.

Im Erdgeschoß steht auf einer Konsole, gleich neben einer Vase mit handgemalten blaßroten Rosen darauf, eine entsprechende Fotografie von ihm, die zur selben Zeit aufgenommen worden ist. Sein Haar ist mit Pomade straff nach hinten gekämmt, und er trägt einen steifen hohen Kragen, und in seinem Gesicht spiegelt sich fast nichts als seine walisische Herkunft wider. Sein

Vater und seine Mutter waren fanatische Methodisten, aber die strengen Ansichten, die sie an ihn weiterzugeben trachteten, hielten der Prüfung in der Praxis nicht stand, und er glaubte schließlich überhaupt nicht mehr an Gott. »Ich glaube an die pünktliche Bezahlung von Rechnungen«, sagte er, wenn er die frommen Leute ärgern wollte. »Und an allgemeine Höflichkeit.«

Er arbeitete hart, weil er gern arbeitete, und er war sparsam, weil ihm auch das Spaß machte. Er arbeitete für jemand anders, nicht weil er einen durchschnittlichen Verstand besessen hätte, sondern weil die Stadt kein zweites Installateurgeschäft ernährte. Gelegentlich gönnte er sich ein Glas Bier, aber die Schwingtüren eines Saloon übten keinen unwiderstehlichen Reiz auf ihn aus. Sein anspruchsvolles Wesen könnte leicht mit der Annahme erklärt werden, das Kind eines Adligen und das eines Bürgerlichen seien in ihren Wiegen vertauscht worden. Aber im Logan-Distrikt gibt es keine Schlösser, aus denen ein Baby mitten in der Nacht hätte herausgeholt werden können, und keine Adligen. Also muß es noch eine andere Erklärung geben.

Er starb qualvoll an einer Gallenblasenkolik, als er Anfang Fünfzig war, und die ovale Fotografie ist heute, da sie sich den Verhältnissen angeglichen hat, unleugbar die Fotografie eines Toten.

Er hätte Fern nicht mehr lieben können, wenn sie seine eigene Tochter gewesen wäre. Einem Außenstehenden schien Tante Jenny in die Position gedrängt, die beiden bedienen zu müssen. Sie zu bedienen war ihre ganze Freude, und sie fragte sich nicht, ob sie sie ausreichend oder überhaupt zu würdigen wußten. Unschuld wird in den Wörterbüchern als Freisein von Schuld oder Sünde definiert, insbesondere aus Unkenntnis, Reinheit des Herzens, Untadeligkeit, Aufrichtigkeit, Schlichtheit, Einfalt und so weiter. Es gibt keinen Aspekt dieses Wortes, der sich nicht auf sie anwenden ließe.

Ohne den massigen aristokratischen Mann, der in seiner Betthälfte vor sich hin schnarcht, ohne das keckäugige Kind, dessen Haarband neu gebunden werden muß; ohne die Unterhaltung bei den Mahlzeiten und den gesunden Appetit und das rechtzeitige Umziehen zur Kirche; ohne die Lachtränen und die Sorge ums Auskommen, die unbezahlten Rechnungen, die vorübergehende Arbeitslosigkeit, saisonbedingt oder unerwartet; ohne die Spielsachen, die aufgesammelt werden müssen, damit niemand über sie stolpert, und die sieben Hemden, die zu waschen und zu bügeln sind, eines für jeden Tag der Woche; ohne das aufgeschrammte Knie und die verletzten Gefühle, die Mißverständnisse, die unbedingt aufgeklärt werden müssen, und die Stimmen, die nach ihr rufen, so daß sie ständig ihre Arbeit unterbrechen und nachsehen muß, was sie wollen – ohne all das, was hat man da noch? Ein Rätsel: Wie kommt es, daß sie nicht bemerkt hat, wie kurz das alles dauern würde?

Als Lloyd Wilson beim Gedanken an das Geld, das früher auf seinem Sparkonto bei der Lincoln National Bank gelegen hatte und nun nicht mehr da war, erschrak, rief er sich in Erinnerung, daß er die Möglichkeit hatte, die Höhe der Alimente anzufechten, und sagte bloß: »Wo muß ich unterschreiben?« Sie hatte ihn geschröpft, aber er schuldete ihr etwas, und er konnte seine Kinder nicht verhungern lassen. Es kam ihm freilich nicht in den Sinn, daß sie seine kleinen Töchter gegen ihn aufbringen würde. Sie saßen mit ihrer Mutter in der Kirche, alle in einer Reihe, und wenn er versuchte, ihren Blick aufzufangen oder sie anzulächeln, starrten sie geradeaus ins Leere.

Wenn sie älter wären, würden sie anders denken, vielleicht, aber trotzdem kränkte es ihn. Er änderte seine Lebensversicherung und setzte die Jungen als einzige Erben ein.

Um der Hitze zu entgehen, fuhr Mrs. Stroud früh am Tag zu ihrer Farm hinaus. Während sie die Maisspeicher inspizierten, sagte sie mürrisch: »Ihre Eheschwierigkeiten interessieren mich nicht, aber ich möchte deswegen nicht den Hof herunterkommen und kaputtgehen sehen. Die Frau, die Sie angestellt haben, um Ihnen den Haushalt zu führen, ist alt und halb blind, und das Haus ist ganz und gar nicht mehr so, wie es bei Ihrer Frau war.«

»Ich weiß«, sagte er, ausnahmsweise weder ausweichend noch an der Grenze zur Unverschämtheit.

»Mein Haus in der Stadt ist immer sauber, und ich sehe keinen Grund, warum dieses Haus, das schließlich auch meines ist, es nicht sein sollte.«

»Ich werde mit ihr reden«, sagte er nüchtern, tat es aber nicht. Als wäre er mit dem Zweiten Gesicht begabt, betrachtete er die Abmachung als vorübergehend.

Als Cletus in den kühlen Schatten des Hauses trat, hörte er Stimmen. Die Stimme seiner Mutter. Und dann die von Tante Jenny. Er wußte, die Keksdose war leer, aber er steckte trotzdem die Hand hinein, in der Hoffnung, überrascht zu werden, und als er darin herumtastete, sagte seine Mutter: »Das war letzten Samstag. Natürlich war ich nervös, aber es stellte sich heraus, es gab keinen Grund dazu.« Sie wartete, bis er nach oben in sein Zimmer gegangen war, ehe sie fortfuhr: »Als ich nach Hause kam, sagte ich zu, du weißt schon, zu wem, da sagte ich: ›Es wird dich vielleicht interessieren, daß ich einen Rechtsanwalt zu Rate gezogen habe.‹ Ich war zu der Überzeugung gekommen, daß es an der Zeit war, es ihm zu sagen.«

»Ich weiß nicht, ob ich das getan hätte«, sagte Tante Jenny. »Das heißt, wenn man Ärger vermeiden will.«

Fern Smith wollte keinen Ärger vermeiden, sie war darauf aus, welchen zu machen. Das war ihre einzige Hoffnung.

»Das hat ihn umgehauen. Ich wußte, daß es so käme.«

Tante Jenny sah zum Lüftungsschlitz in der Zimmerdecke.

»Wenn wir keine Namen erwähnen, wie kann Cletus dann wissen, über wen wir reden? Und ich habe nicht einen erwähnt.«

»Was hat er gesagt?«

»Clarence?«

»Nein, der Mann in der Stadt.«

»Er hörte zu und stellte Fragen, und schließlich hat er gesagt: ›Mrs. Smith, ich glaube, wir können mit Sicherheit sagen, das ist ein Fall.‹«

Was für ein Fall? fragte sich Cletus.

Was hielt sie jetzt, da Lloyd Wilsons Frau fort war, davon ab, sich einen Schal über die Schultern zu werfen und über die Felder zu seinem Haus zu laufen? Die ganze Gemeinde. Es war eine Sache, sich so zu benehmen, daß man den Klatsch herausforderte, aber etwas ganz anderes, in offener Sittenlosigkeit zu leben. Sie hatten oft darüber gesprochen. Sie würde sich nichts daraus machen, wenn alle Frauen, die sie kannte, plötzlich nicht mehr mit ihr sprächen, aber sie würden auch ihren Männern den Umgang mit ihm untersagen, und das könnte zu Schwierigkeiten führen. Es gab meilenweit im Umkreis keinen Menschen, der ihm nicht für irgend etwas zu Dank verpflichtet war, aber der einzige, der das überhaupt zu fühlen schien, war Clarence.

Und Mrs. Stroud?

Er wußte es nicht. Bei ihr war alles möglich. Wenn sie dieser Tage auf die Farm kam, hatte sie einen Katz-und-Maus-Ausdruck, der neu war – als koste sie die Situation aus, in die er sich gebracht hatte, und beobachte amüsiert, was er als nächstes tun würde.

Die Leute lassen sich nicht alles bieten. Und es gibt eine Grenze, die man nicht überschreiten darf, gleichgültig, wie gern man es möchte. Wenn er sie überschritte und einen Brief erhielte, in dem ihm mitgeteilt würde, daß Mrs. Stroud vom ersten März an seine Dienste nicht mehr benötigte, wo sollten sie dann hin? Wer nähme ihn als Pächter, wenn herauskäme, daß er mit einer Frau zusammenlebte, mit der er nicht verheiratet war? Der Mut verließ sie beide.

Clarence glaubte Fern, wenn sie sagte, sie habe Lloyd weder gesehen noch gesprochen, aber er wußte instinktiv, daß sie irgendwie miteinander in Verbindung standen. Er fragte die Jungen aus und suchte in den ausgefallensten Ecken der Farm – in einem hohlen Baum, in einem leeren Hühnerstall, einem Schuppen, der weit genug vom Haus entfernt lag, so daß Lloyd nachts ohne Gefahr, gesehen zu werden, hätte hingehen können. Aber der Hund hätte gebellt, und die Jungen wußten zweifellos nichts. Darüber jedenfalls. Wieviel sie sonst wußten, daran mochte er nicht denken. Manchmal war sie vorsichtig und sprach leise, oder sie stand auf und schloß die Tür. Und dann kam es ihr plötzlich nicht mehr darauf an, was sie sagte oder wer sie hörte. Sie stand in ihrem Nachthemd oben an der Treppe und schrie zu ihm hinunter: »Du behandelst die Pferde besser als mich!« Es stimmte nicht, und sie wußte es.

Sie sagte ihm, sie sei in jemand anders verliebt gewesen, als sie ihn heiratete. Er wußte nicht, ob er ihr glauben sollte oder nicht; es war vielleicht etwas, was sie erfand, damit es ihm den Atem verschlug.

Er fuhr in die Stadt und betrank sich und kam nach Hause und kletterte auf sie. Es klappte nicht. Sie wehrte sich wie eine Wildkatze, und er fiel aus dem Bett und lag im Bettzeug verheddert da. Plötzlich über die Maßen erschöpft, schlief er ein und erwachte bei hellem Tageslicht mit einem Kater und einem abscheulichen Geschmack im Mund. Das Bett war leer.

Er suchte den Baptistenprediger auf, und sie führten ein langes Gespräch. Im Arbeitszimmer des Geistlichen, bei geschlossener Tür. Einiges brachte er kaum heraus, aber er fühlte sich besser, als er es gesagt hatte. Und die Miene des Geistlichen war voll Mitgefühl, als er sagte: »Warum knien wir nicht gleich jetzt nieder und bitten um Gottes Hilfe?« Sie taten es. Und ihm war es nicht peinlich. In dem Moment hätte er alles getan.

Als sie in der Haustür standen und ihnen der Regen ins Gesicht schlug, sagte der Geistliche: »Sagen Sie ihr, sie möchte zu mir kommen. Mag sein, ich kann ihr zeigen, wo der Pfad der Pflicht liegt.«

Fern Smith ging nicht zu ihm. Statt dessen fuhr sie in die Stadt, zu dem kleinen Haus gegenüber vom Rummelplatz. Wenn Tante Jennys Meinung mit ihrer nicht übereinstimmte, konnte man sie beiseite wischen.

Die Witwe konnte keinen Farmerswagen vorbeifahren hören, ohne schnell zum Fenster zu laufen und zu schauen, wer *in* dem Wagen saß. Es war daher unwahrscheinlich, daß ihr entging, wie bedrückt ihr Arbeitgeber war. Der arme Mann, er vermißte seine Familie und bereute, wie er sich benommen hatte. Sie wollte ihm zu verstehen geben – sie wartete nur auf den günstigen Moment –, daß er sich keine Sorgen zu machen brauchte, ob seine Frau ihm vergeben würde. Wenn er mit der richtigen Einstellung zu ihr ginge und ihr sagte, wie leid es ihm tue, müßten sich die Dinge notgedrungen so entwickeln, wie er es wollte. Und wenn seine Frau ihm verziehe und nach Hause käme, wäre sie sicher dankbar für ein bißchen Hilfe bei der Hausarbeit.

Und wenn nicht …?

Tapfer beschloß Mrs. B., keine eigennützigen Überlegungen Lloyds Glück in den Weg zu stellen.

Als Cletus in den Kuhstall schlenderte, kamen ihm die Katzen zur Begrüßung entgegen. Sein Vater war schon da und melkte Flossie. Victor hätte die Kuh auf der anderen Seite melken sollen, aber er war auf Sauftour, obwohl kein Feiertag war. Cletus holte Milcheimer und Schemel und setzte sich hin. Er versuchte, den Rhythmus seines *Gschsch-gschsch* dem seines Vaters anzupassen. Die Alte Bess stampfte unruhig mit den Beinen, und er sagte: »Na, Bess.« Die Katzen rieben sich an seinen Fußgelenken und schnurrten, aber er spürte es nicht. In der vergangenen Nacht hatte ihm die schreckliche Stimme etwas Neues mitgeteilt, was ihm Sorgen bereitete: *Ich kann dieses Haus jederzeit verlassen, wenn mir danach ist, und die Jungen nehme ich mit.* Er versank erneut in tiefen Schlaf, als sei nichts geschehen, aber heute morgen, als er über seinem Haferbrei döste, war es wieder da.

Er sah Blackie mit weit aufgesperrter rosa Schnauze dasitzen und spritzte ihm einen Strahl Milch hinein. Sechzehn Jahre war der Kater alt, und seine Ohren waren von Raufereien völlig ausgefranst, und im Maul hatte er kaum noch einen Zahn.

Sie wird es nicht tun, dachte Cletus. Aber warum sollte sie es nicht tun? Was hinderte sie daran, wenn nicht Angst vor seinem Vater, aber sie hatte keine Angst, vor nichts und vor niemandem.

Der Milchpegel stieg in beiden Eimern. Sein Vater pfiff dieselbe traurige Melodie, die er den ganzen Tag pfiff. Als er aufstand, sagte Cletus: »Letzte Nacht habe ich etwas gehört.«

»Draußen?«

»Nein.«

»Solltest keinen Gesprächen zuhören, die dich nichts angehen.«

»Ich wollte nicht zuhören.«

»Ach so. Und, was hast du gehört?«

»Mama sagte, *sie* sagte, sie zieht vielleicht in die Stadt und nimmt mich und Wayne mit.«

»Den Brei essen wir, wenn er gekocht ist.«

»Pa ...«

»Ja, mein Junge.«

»Versprich mir, daß du nicht böse wirst, wenn ich dir was sage.« Er wartete, aber aus der Nebenbox kam keine Antwort. »Bitte, streite dich nicht mit ihr darüber, Pa.«

»Warum nicht? Möchtest du mit ihr in die Stadt ziehen?«

»Du weißt, daß ich es nicht will. Aber du hättest nicht sagen sollen, daß du ihr das nicht erlaubst. Wenn du ihr sagst, sie darf etwas nicht tun, dann muß sie es gerade machen.«

»Ach, sieh mal an, du Hosenscheißer!«

Die schwere Hand schoß heran und schleuderte ihn zu Boden. Was der Junge gesagt hatte, stimmte, aber gerade das war es ja. Der Kübel war umgefallen, und eine Milchlache begann sich über den Stallboden auszubreiten. Obwohl sein rechtes Ohr vor Schmerz dröhnte und eine Gesichtshälfte taub war, rappelte er sich hoch, zog den Schemel zwischen den Beinen der Kuh hervor und stellte den Eimer unter sie. Es gelang ihm, nicht zu weinen, aber seine Hände zitterten, und die Milch spritzte ungleichmäßig in den Eimer.

»Wenn du mir das nächstemal sagen willst, wie ich meine Angelegenheiten zu regeln habe, bleibt's nicht bloß bei einer Kopfnuß, dann breche ich dir dein gottverdammtes Genick«, sagte Clarence Smith. Er nahm seinen Schemel, ging zur nächsten Box, setzte sich hin, den Kopf gegen die Flanke der Kuh gepreßt, und pfiff weiter seine traurige Melodie.

Das Gespräch verlief nicht so, wie die Witwe es erwartet hatte. Sie dachte, Lloyd Wilson werde ihr sein Herz ausschütten, statt dessen aber sagte er: »Ja, gut, ich denke darüber nach« und griff nach dem *Farmer's Almanac*.

Sie unterbrach ihre Häkelarbeit und schob die Lampe näher zu ihm. Entweder wollte er nicht darüber reden, oder ihm ging etwas anderes im Kopf herum, das mit ihr zu besprechen er nicht übers Herz brachte. Vielleicht Geldsorgen. Oder Mrs. Stroud machte Schwierigkeiten. Sie war keine sehr freundliche Frau und steckte ihre Nase überall hinein.

8

Das Räderwerk der Justiz

Clarence befestigte gerade das Weidegatter mit einer Drahtschlinge, als er mit einemmal das Gefühl hatte, sie sei gegangen. Er lief los. In seinem Geist sah er den Zettel vor sich, der an der Zuckerdose auf dem Küchentisch lehnte. Als er die Tür aufriß, stand sie am Herd, das Haar feucht vom Dampf, und rührte die Wäsche in dem großen Kupferkessel um. Einen Augenblick starrten sie einander an, dann sagte sie: »Nein, ich bin noch da.«

Als sie sechs Wochen später tatsächlich ging, ahnte er es nicht.

Per Post wurde ihm von ihrem Rechtsanwalt mitgeteilt, daß jeder Versuch, mit ihr oder den Kindern in Verbindung zu treten, außer über ihn, als vorsätzliche Belästigung betrachtet würde und alle notwendigen Schritte, um sie davor zu schützen, unternommen würden.

Das nächste, was kam, war eine Benachrichtigung aus der Kanzlei des Distriktssyndikus: Sie reichte die Scheidung ein.

Wenig später saß Fern Smith bei ihrem Anwalt und besprach mit ihm eine Mitteilung, die sie von Clarence' Anwalt erhalten hatte. Die Sache war ihnen jetzt aus der Hand genommen. Sie hatten aufgehört, einander anzuschreien, und setzten ihr Vertrauen in juristischen

Beistand. Mit dem Ergebnis, daß nur noch zählte, welchen Anschein man den Dingen gab, nicht, wie sie wirklich waren.

Das Scheidungsverfahren wurde in der Herbstsitzungsperiode des Gerichts verhandelt. Auf der Geschworenenbank und im Zuschauerraum des Gerichtssaals saßen Leute, die Clarence Smith kannte, und er saß da, den Blick von ihnen abgewendet, und mußte sich anhören, wie sein Privatleben öffentlich ausgebreitet wurde. Er erkannte die Beschreibung seiner selbst nicht wieder, und er fragte sich, wie Ferns Anwalt mit einem solchen Anschein von Ehrlichkeit Behauptungen von sich geben konnte, von denen er doch wissen mußte, daß sie nicht auf Wahrheit beruhten. Oder wie sie dasitzen und wie das Opfer aussehen konnte, wo doch sie es gewesen war, die alles ausgelöst hatte. Ihr Anwalt hatte ein halbes Dutzend Zeugen ausfindig gemacht, die mit Vergnügen seinen schlechten Charakter bezeugten – was ihn erstaunte. Er hatte nicht gewußt, daß er Feinde hatte. Er seinerseits hatte nur einen Zeugen, der für ihn aussagte, aber er zählte auf diesen einen Zeugen, um die Falschheit von allem, was gesagt worden war, zu beweisen.

Fast nicht wiederzuerkennen in seinem neuen Anzug und vom Barbier rasiert, bezeugte der Knecht »Intimitäten«. Er gebrauchte andere Worte, die ihm Clarence' Anwalt in den Mund gelegt hatte. Bei verschiedenen Gelegenheiten, sagte er, habe er die Klägerin und Wilson bei einer Umarmung oder einem Kuß überrascht oder dabei, wie er seine Hand in ihre Bluse steckte. Wenn sein Arbeitgeber abwesend war, sei Wilson ins Haus gekommen, und die Vorhänge im Schlafzimmer seien zugezogen worden, und es habe eine

Stunde oder manchmal länger gedauert, ehe er wieder herauskam.

Fern Smith' Anwalt schritt vor der Geschworenenbank auf und ab und sprach wortgewandt von den engen Banden, die die beiden Familien verbunden hätten, und besonders von der Freundschaft der beiden Männer. War es nicht eine Tatsache, war es nicht eine unbestreitbare Tatsache, daß über einen Zeitraum von vielen Jahren, ehe die gegenwärtige Zwietracht herrschte, und mit Clarence Smith' voller Kenntnis und Zustimmung Lloyd Wilson häufig Smith' Haus aufgesucht hatte, wenn Smith gerade nicht da war? Bevor er zum Kreuzverhör schreite, wolle er nur noch als Beweis für die Glaubwürdigkeit der Aussage des Zeugen die Tatsache anführen, daß dieser selten nicht nach Alkohol aus dem Mund rieche und die Nacht des vierten Juli in volltrunkenem Zustand im Gefängnis verbracht habe.

Clarence' Anwalt sprang auf und rief: »Euer Ehren, ich erhebe Einspruch.« Und der Richter entgegnete scharf: »Einspruch abgelehnt.«

Victor wurde mit Leichtigkeit dazu verleitet, Dinge zu sagen, die er nicht meinte und die nicht wahr sein konnten, und war dermaßen durcheinander, daß der Gerichtssaal immer wieder in Lachen ausbrach. Danach wurde Clarence in den Zeugenstand gerufen und vereidigt und bekam Dinge über sich zu hören, die er reinen Gewissens nicht leugnen konnte. Was Ferns Anwalt den Herren Geschworenen freilich nicht erzählte, das war der Anlaß, der zu diesem gewalttätigen Verhalten geführt hatte. Und als Clarence das zu tun versuchte, wurde er vom Richter ermahnt, seine Äußerungen darauf zu beschränken, die Fragen zu beantworten, die ihm vom Anwalt gestellt würden.

Niemand sagte bei der Verhandlung, wie tief Clarence Smith die Tatsache ins Herz schnitt, daß seine Frau ihn nicht mehr liebte, aber es hätte auch nichts an der Sache geändert, wenn es zur Sprache gekommen wäre.

Die Abendzeitung berichtete, daß Mrs. Fern Smith die Scheidung von ihrem Mann aufgrund heftiger und wiederholter Mißhandlungen zugebilligt worden sei, wobei die Beschuldigungen von seiner Seite sich nach Meinung der Geschworenen nicht erhärtet hätten. Er wurde dazu verurteilt, monatlich fünfzig Dollar Unterhalt zu zahlen, das Sorgerecht für die Kinder wurde ihr zugesprochen.

Das Zirpen der Heuschrecken ließ nach und hörte ganz auf, um in den Baumkronen von neuem zu beginnen. Unter Aufsicht von Tante Jenny, die ihm sagte, was er als nächstes zu tun hatte, trug Cletus eine Ladung Gerümpel nach der anderen die äußere Kellertreppe hinauf zur Straße. Längst eingetrocknete Farb- und Lackdosen. Gläser mit Eingemachtem, das schlecht geworden oder zu alt war, als daß man ihm noch trauen konnte. Leere Arzneifläschchen. Bündel alter Zeitschriften und Zeitungen. Ein metallenes Bettgestell. Ein Stuhl mit einer Sitzfläche aus Rohr, die durchgebrochen war. Ein Ofen aus Eisenblech, dem ein Bein fehlte. Eine Vierzig-Liter-Milchkanne mit einem Loch im Boden. Ofenschirme, die vom Rost so zerfressen waren, daß man die Finger durchstecken konnte. Hin und wieder entschied sie, daß etwas – ein Bambusbilderrahmen mit zerbrochenem Glas oder ein Seidenkleid, das fleckig unter den Armen war – zu gut zum Wegwerfen war, und es wurde beiseite gelegt, bis ihr jemand einfiel, der sich darüber freute. Als sie eine Schachtel mit alten Briefen durchsah, stieß sie auf ein ungültiges Sparbuch und blätterte gedankenverloren darin herum. »Ich habe ein bißchen Geld«, bemerkte sie. *(Warum sagte sie das? Es war das einzige, was sie niemandem erzählen wollte …)* »Tom hatte eine Lebensversicherung, die vollständig eingezahlt war, als er starb. Ich kann mich vielleicht nicht mit John D. Rockefeller vergleichen, aber man merkt doch, daß fünftausend Dollar eine Menge Geld sind, wenn man versucht, sie zusammenzusparen … Es geht an deine Mutter, wenn ich sterbe. Ich wollte nur, daß du weißt, wie die Dinge liegen.« Was nicht die ganze Wahrheit war; was sie wirklich wollte, war, daß er etwas sagte – daß er von der Katze überrascht war, die sie versehentlich aus dem Sack gelassen hatte. »Ich meine, ihr werdet nicht verhungern«, sagte sie.

Sie mußten beide anfassen, um die mit Schimmelflecken übersäte Roßhaarmatratze hinauszutragen. Als sie von der Straße zurückkamen, sagte sie: »Das reicht für heute. Da ist noch eine Vorratskammer, die saubergemacht werden müßte, aber das kann warten.« Er schloß die Kellertür, sie gab ihm das Vorhängeschloß, das sie in der Schürzentasche hatte, und dann gingen sie über die rückwärtige Veranda ins Haus zurück. Sie wollte sagen: *Mir gefällt die Art und Weise, wie sich die Dinge entwickelt haben, genausowenig wie dir*, aber sie hatte Angst, es zu sagen, weil Cletus denken könnte, es sei ihr lästig, sie unter ihrem Dach zu haben.

Sie hieß ihn die Hände im Küchenausguß waschen und gab ihm ein Glas kalte Milch und ein großes Stück Stachelbeerkuchen.

Er lehnte am Ausguß, trank einen Schluck Milch und

sagte dann: »Wenn Victor und Pa vom Feld heimkommen, wer macht ihnen dann das Essen?«

»Niemand, soweit ich weiß. Sicher, es ist nicht leicht für sie, aber jeder Mensch weiß, wie man Eier und Speck brät und Kaffee kocht.«

»Sie sind gewohnt, mehr als das zu essen.«

»Da muß er sich vielleicht jemanden suchen, der ihm den Haushalt führt, wie Mr. Wilson«, sagte sie und hätte sich die Zunge abbeißen mögen.

»Du kommst doch Sonntag mittag zu uns zum Essen, nicht wahr?« sagte seine Mutter. »Komm gleich nach der Kirche, dann können wir uns unterhalten.«

Es gab für Clarence keine Möglichkeit, nein zu sagen, sonst hätte er es getan. Er erzählte ihr nicht, daß er nicht mehr zur Kirche ging.

Als sie sich zu Tisch setzten, sah er, daß seine Mutter seine Leibgerichte gekocht hatte, und er versuchte zu essen, obwohl er keinen Appetit hatte. An der Verlegenheit seines Vaters und dem sorgsamen Fehlen jeden Ausdrucks auf ihrem Gesicht erkannte er, daß sie sich gekränkt fühlte. Sie hatte damit gerechnet, daß er ihnen alles erzählen würde, was er dem Richter und den Geschworenen nicht hatte sagen können, und als er es nicht tat, meinte sie, er vertraue ihnen nicht.

»Wir dachten, die Jungen kämen uns mal besuchen«, sagte sie, »aber bisher haben sie es nicht getan. Wahrscheinlich erlaubt Fern es nicht.«

»Ich kann mir nicht denken, daß sie so was tut«, sagte er und wich ihrem Blick aus.

Seine Mutter und sein Vater waren die einzigen Menschen auf der Welt, denen er im Augenblick vertraute, aber wo sollte er anfangen? Bei der Tatsache, daß er Mühe hatte, das Geld für den Unterhalt seiner ehemaligen Frau zusammenzukratzen? Es gab nichts, was er ihnen hätte erzählen können, ohne sie traurig zu stimmen, und überhaupt, er ertrug es nicht, darüber zu reden.

Er wußte, was ihm angetan worden war, aber nicht, was er getan hatte, daß er es verdiente.

Es wäre ihm vielleicht eine Hilfe gewesen, wenn irgendwann irgendein Baptistenprediger mit auf die Kanzel gestützten Unterarmen und gekrümmten Schultern gesagt hätte: *Der Mensch bekommt weder, was er verdient, noch verdient er, was er bekommt. Die Sanftmütigen und Vertrauensvollen werden mit Füßen getreten. Der Reiche erzwingt sich normalerweise seinen Weg durchs Nadelöhr, und es hat wenig oder keinen Sinn, sein Vertrauen in die göttliche Vorsehung zu setzen* ... Andererseits, wie hätte ein Prediger, ob Baptist oder von einer anderen Konfession, das sagen können?

Fern wurde von ihrem Anwalt geraten, daß es besser wäre, wenn sie und Lloyd Wilson sich einige Zeit nicht sehen würden. Wenn sie sich schrieben, achteten sie darauf, daß sie die Briefe selbst zur Post brachten. Ihre Briefe waren sehr lang, seine kurz. Es war ihm nicht selbstverständlich, seine Gefühle zu Papier zu bringen. Aber wenn sie seine Briefe las und wieder las, setzte sie die Worte, die nicht dastanden, in ihrer Vorstellung hinzu, bis sie davon überzeugt war, daß er sie wirklich ebenso liebte wie sie ihn.

Der Hund wartete jeden Nachmittag am Briefkasten. Er wußte, wann es an der Zeit war, die Kühe zusammenzutreiben, aber der Junge käme vielleicht und fände ihn nicht an seinem Platz. Also wartete er weiter, und wenn er den Mann kommen sah, lief er in ein Maisfeld, aber nur ein kleines Stück. Er versuchte nicht wirklich, vor den Schlägen davonzulaufen, von denen er wußte, daß der Mann sie ihm geben würde.

Cletus machte sich auf, um mit dem Fahrrad zur Farm hinauszufahren, und seine Mutter sagte: »Wo willst du denn hin?«, und er sagte es ihr, und sie erwiderte: »Mir wäre lieber, du tätest es nicht.« Als er fragte, warum, sah sie ihn traurig an und sagte: »Bitte, frage mich nicht, Cletus. Wenn dein Vater dich sehen will, wird er's schon sagen.«

Es war nur ein winziges Zögern, das sie davon abhielt, ihm alles zu erzählen. Später, wenn er groß wäre, würde sie sich eines Tages zu ihm setzen und ihm die ganze Geschichte von Anfang an erzählen, und er würde begreifen, was sie alles hatte durchmachen müssen, und ihr verzeihen. *Dein Vater wollte mir nicht die Freiheit geben*, würde sie sagen, *also mußte ich vor Gericht gehen und sie mir auf diesem Weg holen* ... In diesen Phantasiegesprächen kam es ihr nie in den Sinn, daß er ihr etwa nicht verzeihen würde. *Wenn Lloyd sich nicht in mich verliebt hätte*, hörte sie sich sagen, *oder wenn er seine Frau geliebt hätte, wäre ich wohl weiter mit deinem Vater verheiratet geblieben, so schlecht wir auch zueinander paßten* ...

Bei der Erinnerung an Lloyd Wilsons Hände, die auf ihren Schultern lagen, wenn er sich niederbeugte und sie küßte, erschauerte sie vor Glück.

Dadurch, daß er sie unentwegt anstarrte, machte Wayne die Bekanntschaft eines kleinen Mädchens namens Patsy, das vier oder fünf Häuser von Tante Jennys Haus entfernt in derselben Straße wohnte. Sie hatte ein Dreirad, auf dem sie den zementierten Bürgersteig entlangfuhren, und nur hin und wieder stritten sie sich, wer als nächster drankäme. Schon früh am Morgen ging er zu Patsy, und wenn es Mittagszeit wurde und Patsys Mutter ihn fragte, ob er bleiben und mit ihnen essen wolle, sagte er immer ja. Wenn sie fragte: »Meinst du nicht, es wäre gut, wenn du nach Hause läufst und es deiner Mutter sagst?«, erwiderte er: »Sie hat schon nichts dagegen.«

Patsys Mutter dachte, es wäre nett, wenn Waynes Mutter sagen würde: »Danke, daß Sie so lieb zu meinem kleinen Jungen sind« oder etwas Ähnliches, anstatt sich nicht einmal die Mühe zu machen und aufzublicken, wenn sie am Haus vorbeiging. Und ihr Name in der Zeitung und all das.

In einer Stadt von der Größe Lincolns gibt es keine gutgehüteten Geheimnisse. Jemand erzählte jemandem, der jemandem erzählte, der jemandem erzählte, der Clarence von den dicken Briefen ohne Absender erzählte, die Fern nach Einbruch der Dunkelheit in den großen grünen Briefkasten vor dem Postamt warf. Es dauerte nicht einmal sehr lange, bis er es erfuhr. Oder bis Fern dahinterkam, daß Clarence es wußte.

Erst jetzt, nachdem die lange Schlacht gewonnen war, bekam sie Angst. Zum erstenmal dachte sie über Clarence nach. Über das, was sie ihm angetan hatte. Und wozu er imstande sein könnte. Sie hatte die fünfzig Dollar Unterhalt pro Monat nicht haben wollen. Es war die Idee des Anwalts gewesen. Von neuem durchlebte sie den Augenblick, als Clarence den Feuerhaken nahm und auf sie losging. Und andere Augenblicke wie diesen.

Der Hund raste den Weg entlang und stürzte sich auf Cletus, und er ließ das Fahrrad fallen und vergrub sein Gesicht im Fell des Hundes. Aber danach war nichts so, wie er es sich vorgestellt hatte. Er hatte gedacht, er könne seinen Vater überallhin begleiten und ihm bei allem helfen, was er tat, aber sie saßen den ganzen Nachmittag im Haus und suchten nach etwas, was sie sich sagen könnten.

»Du sollst nicht falsch Zeugnis reden«, sagte die Bibel – aber warum nicht, wenn die Geschworenen die Wahrheit nicht von einem Haufen Lügen unterscheiden konnten und der Richter auch nicht? Schwarz gekleidet und einen Schleier vor dem Gesicht, als trüge sie Trauer um ihn, tupfte sie sich die Augen mit einem Taschentuch ab und hielt alle zum Narren. Die Bibel sagte auch: »Du sollst nicht begehren deines Nächsten Weib«, und er wurde dazu verurteilt, ihnen fünfzig Dollar im Monat zu zahlen. Das war ihre Belohnung dafür, daß sie die Zehn Gebote brachen.

Wie sollte er das einem halbwüchsigen Jungen erklären? Er schämte sich auch – er schämte sich und war verlegen wegen allem, dem sein Sohn ausgesetzt worden war. Er wußte, daß Cletus lieber bei ihm geblieben wäre, und nicht einmal das konnte er durchsetzen.

Durch diesen demütigenden Tag vor Gericht erlitt Clarence Smith' Sinn für Ursache und Wirkung einen bleibenden Knacks. Sein Kopf war mit Gedanken angefüllt, die, jeder für sich genommen, vollkommen vernünftig waren, miteinander verknüpft aber nicht viel Sinn ergaben.

Er hatte keine Vorstellung, wie lange sein Schweigen manchmal dauerte.

Schließlich erlaubten ihm die Zeiger der Uhr zu sagen: »Es ist Zeit, daß du dich wieder in die Stadt aufmachst.«

»Kann ich nicht bleiben und beim Melken helfen?«

»Du willst doch im Dunkeln mit dem Fahrrad nicht mehr auf der Straße sein.«

»Ich kann ausweichen, wenn ein Auto kommt.«

»Du fährst jetzt besser. Deine Mutter wird sich sorgen.«

Er winkte zum Abschied seinem Vater zu, der auf den Verandastufen stand, drückte mit dem Fuß die Fahrradstütze in die Spange am hinteren Schutzblech und sagte: »Nein, Trixie. Guck mich nicht so an. Du kannst nicht mitkommen ... Nein ... Nein, hörst du nicht? *Nein!*«

Am nächsten Samstag fragte er seine Mutter, ob er zur Farm hinausfahren dürfe, und wieder sagte sie: »Mir wäre lieber, du tätest es nicht.«

Sie brachte es nicht über sich, ihm zu erzählen, daß sein Vater durch einen Nachbarn hatte ausrichten lassen, daß sie ihn nicht mehr zu ihm kommen lassen solle.

Ob sie Teil des Hauses sind oder das Haus Teil von ihnen, ist keine Frage, auf die Kinder zu antworten in der Lage sind. Nachdem ihr den Hund weggenommen habt, nehmt auch noch die Küche weg – den Geruch von etwas Gutem im Ofen zum Mittagessen. Auch den Geruch vom Waschtag, von Wolle, die auf dem hölzernen Ständer trocknet. Von Asche. Von Suppe, die auf dem Herd köchelt. Nehmt das geduldige alte Pferd weg, das am Weidezaun wartet. Nehmt die Arbeit weg, die ihn vom Augenblick, da er von der Schule nach Hause kam, bis sie sich zum Abendbrot hinsetzten, in Atem hielt. Nehmt den Nebel am frühen Morgen weg, den Lärm der Krähen, die sich in den Baumwipfeln zanken.

Seine Arbeitssachen hängen noch am Nagel neben seiner Zimmertür, aber niemand zieht sie an oder nimmt sie fort. Niemand schläft in seinem Bett. Oder liest das Buch mit dem zerrissenen Rücken, *Tom Swift und seine Flugmaschine*. Nehmt auch das weg, wenn ihr schon dabei seid.

Nehmt die Schüssel und den Krug weg, die nun beide trocken und staubig sind. Nehmt den Kuhstall weg, wo die Katzen in einer Reihe dasitzen und mit weit geöffneten Schnauzen darauf warten, daß ihnen jemand Milch ins Maul spritzt. Nehmt auch den Pferdestall weg – den Geruch von Heu und Staub und Pferdepisse und altem schweißgetränktem Leder und den Regen, der jenseits der offenen Tür auf das gepflügte Feld niederprasselt. Nehmt das alles weg, und was habt ihr ihm dann angetan? Angesichts eines so großen Verlustes, welchen Sinn hat es, ihn aufzufordern, weiterhin der Junge zu sein, der er immer war? Er könnte genausogut sein Leben noch einmal von vorn als irgendein anderer Junge beginnen.

Als sie schon fast die Hoffnung aufgegeben hatte, lernte die Witwe doch noch Lloyd Wilsons Frau kennen und war ganz entzückt von ihr.

Während Marie Wilson mit dem Finger eine Liste von Dingen durchging, von denen nur sie wußte, wo sie zu finden waren, in Truhen und Kommodenschubladen und Pappschachteln, die auf dem Dachboden unter die

Schräge geschoben waren, machte sie höflich Konversation. Sie konnte kaum glauben, wie unordentlich und dreckig alles war, worauf ihr Auge fiel. Die Fenster waren so dick mit Staub und Spinnweben überzogen, daß man kaum hindurchsah. Der Tischläufer auf dem Wohnzimmertisch hatte Tintenflecke, und irgend jemand hatte in den großen Flickenteppich, an dem sie einen ganzen Winter gearbeitet hatte, ein Loch gebrannt. Sie wußte, ohne nachzusehen, daß kein Besen die Staubflocken unter den Betten hervorgekehrt hatte. Die Zimmer waren seit Wochen nicht gelüftet worden, und das ganze Haus, vor allem das Schlafzimmer im Erdgeschoß, stank nach Petroleum und verschwitzten Sachen und abgestandener menschlicher Ausdünstung. Sie klatschte die Hände zusammen und fing eine Motte.

Worauf die Witwe wartete, während sie redete und redete, war ein Zeichen, daß ihre Wertschätzung erwidert würde. Marie Wilson saß auf der Kante ihres Stuhls und sagte: »Das stimmt genau« und »Ich weiß, was Sie meinen« und »Sie haben sicher recht«, und schließlich, als sie am Ende ihrer Geduld angelangt war, sagte sie: »Ich fürchte, Sie müssen mich entschuldigen, ich habe zu tun.« Noch immer redend, folgte ihr die Witwe die Treppe zum Dachboden hinauf.

Doch die kleinen Jungen waren es, die sie am schmerzlichsten berührten. Sie waren mager und blaß und antworteten teilnahmslos auf ihre Fragen, als sprächen sie mit einer Fremden. Sie sagte: »Ihr wißt, daß euer Vater nicht wollte, daß ich euch mitnehme?«, und sie nickten. Sie strich ihnen das Haar aus den Augen und küßte sie und berührte ihre Wangen und Schultern, während sie mit ihnen redete, und allmählich verlor sich die Fremdheit. Danach ließen sie sie nicht mehr aus den Augen. Als sie sich niederbeugte, um sich zu verabschieden, fingen beide an zu weinen.

Lloyd war in die Stadt gefahren, um sie abzuholen, und als sie alles beisammenhatte, was sie wollte, fuhr er sie wieder zurück. Sie kritisierte nicht die Haushaltsführung der Witwe. Es war seine Sache, wen er für sich sorgen ließ. Den ganzen Weg hinaus zur Farm hatten sie in peinlichem Schweigen dagesessen, aber jetzt begann er, über die Möglichkeit zu sprechen, irgendwo in Iowa einen Hof zu finden – was bedeuten würde, daß sie die Jungen überhaupt nicht mehr sähe. Sie bat ihn, sie doch ab und zu in die Stadt zu fahren, damit sie die Nacht bei ihr verbringen konnten, und er antwortete: »Das würde es für sie nur noch schlimmer machen.« Danach verfielen beide wieder in Schweigen. Er spürte, daß ihr etwas auf der Zunge lag, das auszusprechen sie aus irgendeinem Grunde nicht über sich brachte. Als er vor der Pension hielt, in der sie jetzt wohnte, stieg sie aus dem Wagen, drehte sich um und sagte: »Ich weiß, ich und deine Töchter sind dir gleichgültig, aber ich verstehe nicht, wie du Clarence das antun konntest.«

Er sah hinunter auf seine Hände, durch deren Finger sich die Zügel wanden, und antwortete nicht.

Es regnete und regnete, und als sich der Himmel aufklärte, gab es leichten Frost. Die Blätter begannen zu fallen, und der Hund konnte in den Wipfeln der Bäume die Sterne blinken sehen. Nachdem er einmal weggelaufen und dafür geschlagen worden war, bis er kaum mehr stehen konnte, blieb er auf dem Hof. Wenn er loslief, um nach dem Jungen Ausschau zu halten, dann nie weiter als bis zum Anfang des Weges. Manchmal vergaß Clarence, ihn zu füttern, und er mußte ihn daran erinnern. Was er ihm in den Napf tat, war ganz und gar nicht wie die Brocken, die ihm die Frau gegeben hatte.

Der Anwalt, der Clarence' Fall vor Gericht so schlecht vertreten hatte, schickte ihm eine viel höhere Rechnung, als er erwartet hatte. Obwohl es draußen eine Menge Arbeit gab, die unbedingt getan werden mußte, saß er im Haus und brütete vor sich hin. Der Hund kam angelaufen und sah ihn durch die Fliegentür an, aber Clarence brüllte ihn wütend an, und da verkroch er sich.

Lloyd Wilson suchte seine Frau auf und bat sie noch einmal um die Scheidung, damit er und Fern heiraten könnten. Sie hörte sich an, was er zu sagen hatte, und antwortete dann, sie werde es sich überlegen. Aus dem Ton ihrer Stimme wußte er, wie ihre Antwort ausfallen würde. Sie ließe sich nicht von ihm scheiden, und er hatte keine Gründe, die Scheidung von ihr zu erzwingen.

Ferns Lider waren geschlossen, aber sie schlief nicht. Sie wußte, daß sie manchmal schlief, weil sie in Träume glitt und wieder daraus erwachte. Die Morgendämmerung war eine Wohltat. Die Vögel. Ein Hahn, der krähte. Das hieß, die Zeit existierte. In der Nacht stand alles still.

Der Milchmann, der mit den Flaschen klapperte. Die Leute machten sich an ihre tägliche Arbeit, Dinge geschahen, die nichts mit ihrer Scheidung zu tun hatten – das mußte sie sich immer wieder sagen. Es wäre eine weitere Wohltat gewesen, wenn sie hätte aufstehen, hinuntergehen und sich eine Kanne Kaffee hätte kochen können, aber dann hätte sie Tante Jenny im vorderen Zimmer geweckt. Manchmal nickte sie ein. Wenn sie dem nachgab, dann war es immer ein plötzlicher Ruck, der das ganze Bett erschütterte und durch den sie wieder hellwach wurde.

Als sehe sie einem Schauspiel zu, erlebte sie in ihrem Inneren noch einmal die Zeit, als Tom sie in ihrem Zimmer eingeschlossen hatte. Wie alt war sie? Achtzehn? Neunzehn? »Du bist noch zu jung, um eine eigene Meinung zu haben«, sagte er. Andererseits war sie nicht zu jung, um sich in einen Mann mit einer Frau und zwei Kindern zu verlieben. »Ich will nicht, daß du jemandem die Familie kaputtmachst!« schrie er. Und sie sagte – und noch während sie die Worte aussprach, bereute sie sie –, sie sagte: »Du bist nicht mein Vater, und ich erlaube nicht, daß du oder irgend jemand anders mir sagt, was ich zu tun oder zu lassen habe.« So sperrte er sie in ihr Zimmer ein, und sie kletterte aus dem Fenster auf das Dach der rückwärtigen Veranda und rutschte an der Regenrinne herab. Er wußte, was sie tat, rührte sich aber nicht von seinem Stuhl. Als sie nach Hause kam, saß er noch immer dort, und sie fochten die Sache miteinander aus, morgens um zwei Uhr.

Ob sie Clarence jemals akzeptiert hätte, wenn sie nicht krank gewesen wäre vor Liebe zu einem Mann, den sie nicht haben konnte, war eine Frage, die sie bisher nie zu beantworten versucht hatte. Auf jeden Fall gab es, als Clarence auftauchte und ihr den Hof zu machen begann, keine Schreierei. Tom war höflich zu ihm, aber kühl. Und zu ihr sagte er überhaupt nichts. Das brauchte er auch nicht. Sie wußte, daß er sich etwas auf seine Fähigkeit zugute hielt, die Leute geschickt an die Stelle zu manövrieren, die er für sie vorgesehen hatte, und normalerweise gelang es ihm, nur diesmal nicht. Nicht bei ihr. Sie kam mit starrer Miene an den Tisch, und sie aßen beide schweigend, bis Tante Jenny etwas sagte, und auch dann machten sie sich nicht immer die Mühe zu antworten. Als sie herausschrie: »Was hast du denn gegen ihn?«, wischte er sich den Mund mit der Serviette ab, lehnte sich auf seinem Stuhl zurück und sah sie an. Dann sagte er: »Willst du es wirklich hören?«, und sie sagte: »Ja.«

Zu einer anderen Zeit in ihrem Leben hätte sie ihm möglicherweise zugehört und vielleicht bedacht, daß niemand sie je so gut verstanden hatte wie er. Aber in der rücksichtslosen Stimmung, in der sie sich befand, war es gerade sein Verständnis, das sie zum Handeln trieb. Sie mußte ihm beweisen, daß auch er sich irren konnte, daß die Dinge nicht immer zwangsläufig so waren, wie er es sich dachte.

Irgendwann unterbrach sie ihn, und er sagte: »Laß mich ausreden. Wenn du dir einen Mann nimmst, zählen nur zwei Dinge – gutes Blut und eine gute Veranlagung. Irgendwann, ehe er überhaupt hier auftauchte, sah ich ihn einmal auf dem Platz vor dem Gerichtsgebäude seine Wut an seinen Pferden auslassen. Das hat mir nicht gefallen. Und dir hätte es auch nicht gefallen.« Er sah sie einen Augenblick lang an, und dann fuhr er fort: »Ich sehe, ich hätte genausogut mit einem Zaunpfahl reden können. Versuche zu verstehen, daß andere Leute auch lebendig sind und Gefühle haben. Und manches, was einmal geschehen ist, ist nicht mehr ungeschehen zu machen.« Und er stand auf und verließ den Tisch.

Als sie erklärte, daß sie und Clarence heiraten und auf eine Farm im McLean-Distrikt ziehen würden, sagte er: »Na schön, aber erwarte nicht, daß ich dir meinen Segen gebe oder zur Hochzeit komme.«

Die Wildgänse zogen nach Süden.

Die Nächte wurden kalt. Sie schälten den letzten Mais. Und eines Tages traten Victor und Clarence aus dem Haus und standen beisammen und redeten. Victor trug den neuen Anzug und hatte eine alte Ledertasche dabei. Da Clarence durch den Prozeß ums letzte Geld gebracht worden war und es sich nicht mehr leisten konnte, ihn zu bezahlen, hatte er sich erboten, für Kost und Logis zu arbeiten. Das Angebot hatte Clarence nicht angenommen.

»Ich hoffe, bei Ihnen geht alles in Ordnung«, sagte Victor und schirmte die Augen gegen das Sonnenlicht ab.

»Ich schaff's schon irgendwie, schätze ich«, sagte Clarence, und sie schüttelten sich die Hände.

»Sie können mich immer über meine Schwester in New Holland erreichen.«

Victor nahm die Tasche und machte sich auf den Weg, und das war das letzte, was der Hund jemals von ihm sah.

Es wurde wieder warm, und eine Woche lang war schönes Wetter. Bis auf die Eichen hatten alle Bäume das Laub verloren. Sonst war es wie im Sommer. Die Pfoten auf die Nase gelegt, verfolgte der Hund die Kreise einer dicken Bremse, und als sie davonsummte, schloß er die Augen und schlief ein und träumte, daß er ein Kaninchen jagte.

Statt in einen Zug zu steigen und nach Iowa zu fahren, um gutes Land zu suchen, zögerte Lloyd Wilson. Er sagte sich, er könne nicht vor dem ersten November fahren, und dann war es November, und die Tage vergingen, und immer gab es etwas, was unbedingt getan werden mußte, und mit der einen oder anderen Ausrede gelang es ihm, die Augen vor der Tatsache zu verschließen, daß sein Vorhaben undurchführbar war. Er hatte sein ganzes Leben an diesem Ort verbracht, und nun konnte er ihn nicht verlassen. Obgleich das, was die Leute über Clarence redeten, den Anschein erweckte, als wäre er mehr als halb verrückt und zu allem fähig.

»Sie haben mir mit Ihrer Kündigung ja nicht viel Zeit gelassen«, sagte Colonel Dowling, »und ich weiß nicht, ob ich über Nacht jemanden finden kann.«

Er bemerkte, daß Clarence den Finger in den Kragen steckte, als sei er ihm zu eng, daß seine Hände fahrig waren und daß er stotterte. Überhaupt nichts von alldem sah ihm ähnlich. Aber er war bereit, seinem Pächter ein angemessenes Zeugnis auszustellen, soweit das möglich war. Eine uneingeschränkte Empfehlung wäre unter diesen Umständen nicht richtig gewesen. Er war einfach nicht mehr der Mann, der er einmal gewesen war, ehe er seine Frau vor Gericht zerrte. Aber es mußte doch möglich sein, etwas einigermaßen Anerkennendes zu sagen, so daß Clarence eine neue Stelle finden könnte. Das Lob durfte natürlich nicht so ausdrücklich sein, daß, falls es später Ärger gäbe, die Leute, die ihn als Pächter einstellten, das Gefühl hätten, er, der Colonel, sei nicht ganz aufrichtig gewesen. So oder so, er würde die Angelegenheit schon lösen. Er war ein Meister in Vieldeutigkeiten dieser Art.

Zu seiner Überraschung bat Clarence gar nicht um ein Empfehlungsschreiben. Vielmehr schüttelte er ihm die Hand und ging die wacklige Holztreppe hinunter und hinaus auf den Bürgersteig, wo er stehenblieb und in die grelle Sonne blinzelte. Jetzt hatte er keine Frau mehr, keine Familie und keine Farm, und alles war Lloyd Wilsons Schuld.

Es schneite, und dann war es drei oder vier Tage lang mild, die Erde kam wieder zum Vorschein. Danach waren die Nächte sehr kalt.

Es war die Jahreszeit, in der der Mann gewöhnlich umgestürzte Bäume zersägte, Holz hackte und den Holzschuppen mit Brennholz füllte. Der Hund merkte, daß er nichts von alldem tat. Die Wälder wimmelten von Wachteln und Fasanen, und er ging nicht jagen.

Der neue Pächter kam mit einem Bekannten, einem glatzköpfigen älteren Mann, den er ständig nach seiner Meinung fragte. Sie gingen mit Clarence durch das Haus und liefen dann draußen herum, inspizierten die Ställe und Nebengebäude und stellten eine Menge Fragen über Ertrag und Anbaufläche. Irgendwann wandten alle drei Männer den Blick dem Hund zu, und es bedurfte keiner großen Intelligenz, um zu wissen, über wen sie sprachen.

Cletus hatte keine Lust, nach der Schule auf dem Schulhof herumzulungern und zuzuschauen, wie Jungen, die er nicht kannte (und die kein Interesse zeigten, ihn kennenzulernen), Basketball spielten. Darum ging er direkt nach Hause, wenn man das so nennen kann, obwohl es nichts zu tun gab, wenn er dort ankam. Er öffnete die Tür des Eisschranks, und eine Frauenstimme rief aus dem vorderen Zimmer: »Cletus, du verdirbst dir den Appetit aufs Abendbrot.« Also machte er die Kühlschranktür wieder zu – es war sowieso nichts darin, was er hätte essen wollen –, ging hinaus und setzte sich auf die Hintertreppe in die fahle Sonne.

Die Lehrerin, die weder jung noch hübsch war, hatte jedem von ihnen eine Karte von Südamerika ausgehändigt und gesagt, sie sollten die Namen der Länder und Flüsse eintragen, aber Cletus hatte keine Lust dazu. Mit einem Stock zeichnete er Kreuze auf den Boden, womit er einer Ameise das Leben schwermachte, die auf diesem Fleckchen nackter Erde zu tun hatte. Obwohl es schon seit Tagen zu hören war, wurde er sich erst jetzt des Hämmerns in der Ferne bewußt: *Pang, pang, pang, kapang, kapang, kapang, kapang* ... Jemand mußte wohl ein neues Haus bauen.

Mit dem Absatz seines Schuhs löschte er die Linien aus, die er auf die Erde gezeichnet hatte, und mit ihnen die Ameise. Dann stand er auf und schlenderte zu dem Loch im Zaun.

Als der Mann und der Alte anfingen, Sachen aus dem Haus zu tragen, konnte sich der Hund nicht denken, was in sie gefahren war. Betten, Matratzen, Stühle. Tische, Küchengeräte, Werkzeug. Schachteln mit diesem und jenem. Alles hinaus ins Gras, wo es darauf regnen konnte.

Der Alte sagte: »Bist du sicher, daß du das schöne Lexikon nicht willst?«

»Wenn du's willst, leg's ins Auto, Papa«, sagte Clarence.

Der Hof begann, sich mit Leuten zu füllen, und Clarence sperrte den Hund in den Holzschuppen, obwohl der gar nichts tun wollte, es sei denn, er wäre dazu aufgefordert worden. Alles, was er jetzt noch sehen konnte, war das Licht, das durch die Ritzen zwischen den Brettern hereinfiel, aber er konnte ausgezeichnet hören. Immer mehr Kutschen und Wagen trafen ein, und ein Mensch mit sehr lauter Stimme schrie unaufhörlich: »Wullabulla, wullabulla« und schlug mit einem

Holzhammer auf einen Tisch, daß ihm die Ohren weh taten, *und auch die Tiere kamen anscheinend weg!* Zuerst die Kühe, die er sein Leben lang jeden Abend hatte zusammentreiben dürfen. Und dann die Schafe. Er konnte sie ängstlich blöken hören. Dann die Schweine. Die Hühner und die Puten. Und schließlich die Pferde, das war zuviel. Wie sollte der Mann ohne sie pflügen? Das mußte das Werk der lauten Stimme sein, und wenn der Mann nur die Tür des Holzschuppens aufgemacht hätte, dann hätte ihm der Hund geholfen, diesen Kerl ohne weiteres vom Hof zu jagen. Um ihn daran zu erinnern, daß er da war, bereit und willig, bellte und bellte er.

Als der Mann ihn schließlich herausließ, hatte das Geschrei aufgehört, und alles, was im Gras herumgestanden hatte, war weg oder lag im Wagen oder in der Kutsche von irgend jemandem, und die wenigen Leute, die noch da waren, brachen auf, und die Sonne war schon hinter dem Hügel verschwunden.

Clarence holte ein Stück Schnur und band den Hund an einen Baum, was er ebensowenig verstand, wie er verstanden hatte, warum er es für notwendig erachtet hatte, ihn in den Schuppen zu sperren. Dann holte Clarence noch ein paar Sachen aus dem Haus – einen Koffer, Angelruten, eine Taschenlampe, eine Axt, einen Regenschirm – und verstaute sie im Auto. Der Alte zeigte auf die Hundehütte, und Clarence sagte: »Die bleibt hier.«

Während sein Vater im Auto wartete, ging Clarence ein letztes Mal durch die leeren Zimmer. Dann schloß er die Küchentür ab und legte den Schlüssel unter die Matte. »Ich bin froh, daß dieser Tag vorüber ist«, sagte er, stellte sich vor den Kühler des Wagens und drehte die Kurbel schnell ein halbes dutzendmal herum, lief dann auf die andere Seite und setzte sich auf den Fahrersitz.

Der Krach des Motors wurde leiser, als er die Zündung regulierte.

Der Alte sah, wie der Hund sie erwartungsvoll anblickte, und meinte: »Was ist, wenn der Bursche nicht kommt?«

»Er wird schon kommen«, sagte Clarence. »Er hat gesagt, es könnte vielleicht dunkel werden, bis er da ist, aber er hat mir versprochen, daß er heute kommt.«

Der geliehene Ford T fuhr davon, den Weg entlang, und der Hund war angebunden, und es wurde Nacht, im Haus brannten keine Lichter, und aus dem Schornstein stieg kein Rauch.

Er wartete lange, lange und bemühte sich, ruhig zu bleiben. Er versuchte, brav zu sein – er versuchte, besonders brav zu sein. Und er sagte sich, daß sie nur in die Stadt gefahren waren und gleich zurückkämen, obwohl vollkommen klar war, daß das nicht stimmte. Nicht, so wie sie sich verhalten hatten. Schließlich brach gegen seinen Willen das Geheul aus ihm heraus. Er saß auf den Hinterpfoten, die Schnauze zum Nachthimmel gehoben, und heulte und heulte. Und es war nicht bloß der Hund, der heulte, es waren alle Hunde, von denen er abstammte, bis zurück zu irgendeinem Wolf.

Er hörte Schritte und war sicher, daß es der Junge war: *Er hatte das Geheul gehört und kam, von wo immer er die ganze Zeit gewesen war, um ihn zu retten …*

Es stellte sich heraus, daß es der Freund des Mannes von jenseits des Weges war. Er stellte seine Laterne auf die Erde, band ihn los und sprach mit ihm und streichelte ihm über die Ohren, und für kurze Zeit war alles gut. Aber dann erinnerte er sich daran, daß sie ihn nicht ins Auto geholt hatten, sondern ohne auch nur einen Blick zurück weggefahren waren, und er stieß von neuem ein verzweifeltes Geheul aus.

Lloyd Wilson versuchte, ihn dazu zu bringen, mit ihm nach Hause zu gehen, aber er durfte doch nicht. Wenn er das täte, wer wäre dann da, um auf den Hof aufzupassen?

Kurze Zeit später war Wilson mit ein paar Brocken für ihn zurück, die er so hastig hinunterschlang, daß er hinterher nicht wußte, was er gefressen hatte. Er füllte die Schale mit Wasser von der Pumpe und stellte sie neben den Eingang seiner Hütte. Dann rief er nach ihm und pfiff, aber der Hund rührte sich nicht von der Stelle. »Mach, was du willst, aber es sollte mich wundern, wenn heute nacht jemand ein Auge zutut«, sagte er fröhlich und verschwand in der Dunkelheit.

Er heulte in Abständen die ganze Nacht und brachte die anderen Hunde in der Nachbarschaft zum Bellen. Am nächsten Tag, als der Freund des Mannes kam, um nachzusehen, wie es ihm ging, lief er ihm auf halbem Weg entgegen und wackelte mit dem Hinterteil.

Die Witwe fütterte ihn, und die kleinen Jungen legten den Arm um ihn und küßten ihn auf den Kopf, und er fühlte sich ein bißchen wohler.

Beim Abendbrot sagte Lloyd Wilson, während der Hund neben seinem Stuhl saß und zuhörte, als wäre es eine Geschichte über ihn: »Man mußte ihm nie was sagen. Als er starb, schwor ich, ich wollte nie mehr einen anderen ...«

Plötzlich hob der Hund den Kopf. Dann stand er auf und ging zur Tür: ein Wagen oder ein Fuhrwerk war in den Weg zu seinem Zuhause eingebogen. Er winselte leise, aber niemand achtete darauf, bis draußen Schritte zu hören waren und er zu bellen anfing. »Ruhig, Trixie«, sagte Lloyd Wilson und schob seinen Stuhl vom Tisch zurück. Im Licht der offenen Tür sah er einen jungen Mann, der aussah, als wollte er jeden Augenblick weglaufen.

»Heiße Walker«, sagte er. »Bin Ihr neuer Nachbar. Ich hab Mr. Smith gesagt, daß ich schon vor zwei Tagen hiersein wollte, aber meine Frau ist krank geworden, und wir mußten es verschieben. Sie ist noch in Mechanicsburg, ich hab sie dagelassen ... Nein, danke, das ist sehr nett von Ihnen. Als ich durch die Stadt kam, hab ich am Café angehalten und was gegessen. Sie haben nicht zufällig meinen Hund gesehen, oder?«

Weil er die Schnur vom Baum herunterhängen sah, ließ James Walker den Hund die nächsten zwei Tage angebunden, obwohl man ihm versichert hatte, das sei nicht nötig. Aber er fütterte ihn und achtete darauf, daß in seinem Napf Wasser war, und manchmal sprach er mit ihm. Und am Abend brannte ein Licht im Küchenfenster, und der Hund roch den Rauch von Holzfeuer. Es hätte schlimmer kommen können. Hin und wieder wollte er heulen, schaffte es aber, es nicht zu tun. Am nächsten Tag kamen Lastwagen und brachten Kühe und Schweine und Ackergerät und Möbel. Und am Abend band der junge Mann die Schnur los und sagte: »Na komm, alter Junge, du mußt mir helfen die Kühe zusammentreiben.« Er verstand sehr gut, was der Mann sagte, aber er war nicht sein alter Junge, und er sauste schnell wie der Blitz davon, die Straße entlang.

Clarence verbrachte viel Zeit bei geschlossener Tür in seinem Zimmer. Er hatte dunkle Ringe unter den Augen. Seine Sachen hingen an ihm herunter. Wenn ihn seine Mutter rief, kam er zu Tisch, aber die ganze Mahlzeit über starrte er auf seinen Teller, statt daß er sie ansah, und sie mußten ihn zwei- oder dreimal bitten, bis er begriff, daß er ihnen etwas reichen sollte.

Seine Mutter versuchte ihn zu überreden, zum Arzt zu gehen, aber er wollte nicht. »Mit meiner Gesundheit ist alles in Ordnung«, sagte er in einem Ton, daß sie Angst hatte, ihn weiter zu bedrängen.

Cletus war sicher, daß sein Vater sie am Weihnachtsmorgen besuchen und Geschenke mitbringen würde. Schlittschuhe wünschte er sich. Ein Gewehr wäre sogar noch besser, aber in der Stadt konnte man es nicht benutzen, und es wäre sowieso zu teuer. Wayne glaubte noch an den Weihnachtsmann. Am Weihnachtsabend, als sie sich auszogen, hingen ihre leeren Strümpfe am Fußende des Bettes, und sie sahen im Schein der Straßenlaterne, daß es schneite. Als sie am Morgen aufwachten, waren ihre Strümpfe voll, und unten warteten noch mehr Geschenke auf sie. Tante Jenny hatte ihr bestes Tischtuch hervorgeholt und einen Kapaun gebraten, und in der Mitte des Tisches stand ein kleiner künstlicher Weihnachtsbaum. Sie aßen, bis sie nicht mehr konnten. Als sie ihre Stühle zurückschoben, fing seine Mutter an, den Tisch abzuräumen, und Tante Jenny sagte: »Laß alles stehen, bis wir das Essen ein bißchen verdaut haben.«

Cletus war noch nicht beunruhigt. Sein Vater hatte ihnen bisher immer etwas zu Weihnachten geschenkt.

Wayne wollte »Alte Jungfer« spielen. Als Cletus seine Karten sortierte, horchte er auf das Geräusch von Schritten auf der Veranda. Nach einer Weile stand Tante Jenny auf und begann, in der Küche herumzuwirtschaften.

»Ich finde es sehr merkwürdig von eurem Vater, daß er sich an Weihnachten gar nicht um euch kümmert«, sagte Fern Smith. Noch merkwürdiger aber fand sie, daß es Cletus anscheinend nicht interessierte. Vielleicht war das eine Entwicklungsstufe, die er gerade durchmachte, aber er wirkte in diesen Tagen so gleichgültig. Allem gegenüber.

Der geschmückte Baum auf dem Rasen vor dem Gerichtsgebäude war viel zu groß, um in irgendein Haus zu passen. Am Weihnachtsabend hatten die Leute um ihn herum Weihnachtslieder gesungen, aber jetzt war der Platz leer, bis auf zwei Männer, die vor dem Drugstore standen. Einer von ihnen war ein Handelsreisender, der Weihnachten haßte. Der andere war Clarence. Obwohl er den großen Weihnachtsbaum anstarrte, war ihm nicht bewußt, daß er dort stand. Oder welcher Tag war. Oder warum der Platz vor dem Gerichtsgebäude so leer war.

»Ich hielt wunder was von ihm«, sagte er zu dem Handelsreisenden, »bis er meine Familie kaputtmachte ...«

Einmal dachte der Hund, er hätte Wayne aus der Ferne gesehen, aber es stellte sich heraus, daß es nur ein kleiner Junge war, der ihm ähnlich sah. Die Leute versuchten, ihn einzufangen, aber er ließ sie nicht an sich heran. Sein Fell war struppig, und seine Augen waren matt, und er bestand nur noch aus Haut und Knochen. Er lebte von Kaninchen und anderen kleinen Tieren und gelegentlich einem Huhn, das aus dem Gehege entkommen war. Schließlich landete er in der Stadt, wo ihn ein paar Kinder jagten und Stöcke nach ihm warfen, aber er entwischte ihnen. Nachts durchstöberte er Mülltonnen nach Futter.

Am Ende fand er sie. Clarence Smith' Mutter sah aus dem Fenster und rief: »Na so was, es sieht aus, als bekämen wir Gesellschaft.«

Nach dem, wie der Mann ihn behandelte, dachte der Hund, er würde bleiben dürfen. Und daß er ihn zu dem Jungen bringen würde. Er lächelte die alte Frau gewinnend an, die sagte: »Mir ist es recht, wenn du ihn hierbehalten willst«, aber genau das geschah nicht.

In dem Zustand, in dem der Hund war, brachte Clarence es nicht fertig, ihn zu verprügeln. Er schaffte ihn zurück zur Farm und sagte: »Ich schätze, Sie müssen ihn eine Weile angebunden lassen. Ich weiß nicht, was in ihn gefahren ist. Er war immer ein braver Hund und hat mir nie Ärger gemacht.«

Dann schlenderte er auf dem Hof herum und suchte in allen Schuppen und im Kuhstall und im Pferdestall nach etwas, was er irgendwo vergessen oder verloren hatte. Ein paar Tage später kehrte er zurück und tat das gleiche.

Die Frau des neuen Pächters kam, und es fiel mehr Schnee, und die Erde war weiß, und der Schnee wurde zu Eis, und der Hund rutschte aus und schlitterte, wenn er versuchte, irgendwohin zu laufen, also blieb er in seiner Hütte und schlief. Manchmal träumte er, er warte am Briefkasten darauf, daß der Junge auf seinem Fahrrad die Straße entlangkäme.

In wachem Zustand war er der Hund von niemandem. Wenn er Lust hatte, sich herumzutreiben, wartete er, bis der neue Mann nicht hinsah, und dann machte er sich davon.

»Der neue Pächter konnte Trixie nicht dazu bringen, auf dem Hof zu bleiben«, sagte Fern zu Cletus. »Deshalb hat dein Vater sie zum Tierarzt gebracht und töten lassen. Mit Chloroform. Du mußt es ihm nachsehen. Er ist nicht er selbst.«

Auch sie war nicht sie selbst, sonst hätte sie ihm diese Nachricht vorenthalten oder zumindest schonender beigebracht.

Ihre Briefe an Lloyd Wilson beschäftigten sich nun fast ausschließlich mit ihren Ängsten wegen Clarence.

Der Rechtsanwalt, der Fern erfolgreich durch den Scheidungsprozeß gesteuert hatte, drehte nachdenklich die Daumen. Dann lehnte er sich in seinem Sessel zurück und sagte: »Hat Smith wirklich ausdrücklich gesagt, er werde Sie erschießen?«

»Nein«, sagte Lloyd Wilson. »Aber ich weiß, daß er ein Gewehr hat. Und so, wie er sich benimmt –«

Der Anwalt sah auf seinen Schreibtischkalender, um festzustellen, wer der nächste Klient war. »Ich nehme an, Sie haben allen Grund, beunruhigt zu sein, aber wenn Sie keinen Zeugen beibringen können, der zu schwören bereit ist, daß Smith gedroht hat, Sie umzubringen, zweifle ich, ob der Sheriff der Meinung sein wird, daß es hinreichende Gründe gibt, einen Haftbefehl auszustellen. Ich schlage vor, Sie bleiben mit mir in Verbindung, und wenn sich die Lage irgendwie verändert ...«

9

Die Abschlußklasse

Wenn ich nach Hause fahre, normalerweise wegen einer Beerdigung, läuft es stets darauf hinaus, daß ich die Neunte Straße entlangspaziere. Ich gebe mich dem hin wie einer sexuellen Verlockung. Das Haus, in dem wir gewohnt haben, hat mehrere Male den Besitzer gewechselt, und einer der letzten hat den ganzen hinteren Teil abreißen lassen – die Anrichte, die rückwärtige Treppe, die Küche, die Waschküche, wo der Herd stand, und das obere Schlafzimmer, wo das Halloweenfest stattfand. Warum? Um Öl zu sparen? Das Verandageländer und die Spaliere sind weg, ebenso der niedrige Eisenzaun, der den Vorgarten vom Bürgersteig trennte. Der hohe Randstein und die zwei Betonpfosten zum Anbinden der Pferde sind noch da, haben also ihren Zweck um etwa ein halbes Jahrhundert überdauert. Die Ulmenfäule tötete die beiden großen Bäume, unter denen ich spielte, und statt ihrer wachsen ein paar sturmzerzauste Ahornbäume an so merkwürdigen Stellen, daß die Vögel sie ausgesät haben müssen. Auf dem Grundstück hinter dem Haus, wo einmal der Blumengarten war, steht ein Bau etwa von der Größe und Form einer Garage, aber mit einem Panoramafenster, an dem Gardinen hängen. Jemand muß darin wohnen.

Das Haus daneben ging eines Nachts vor zehn oder fünfzehn Jahren in Rauch und Flammen auf – eine defekte Leitung –, und wo es einmal war, steht heute ein einstöckiges Apartmenthaus, das die Hälfte von unserem früheren Grundstück einnimmt. Hier und da fehlen überall in der Stadt alte Häuser, oder jemand hat zwischen zwei alte Häuser, die überdauert haben, ein neues Haus gebaut, das meine Erinnerung durcheinanderbringt. Wenn ich auf das neue Krankenhaus stoße, verliere ich völlig die Orientierung. Wo genau war der kleine Lebensmittelladen, zu dem mich meine Mutter immer schickte, wenn sie feststellte, daß ihr Reis oder Butter oder Backpulver fehlte? Und welcher Flügel des Krankenhauses hat das riesige Veilchenbeet unter sich begraben, das sich im Garten hinter dem Haus befand, in dem Mrs. Hart mit ihrem Sohn Dave wohnte, der nie geheiratet hat? Und war das Veilchenbeet so riesig, nur weil das Kind, das einmal im Jahr an die Hintertür klopfte und um Erlaubnis bat, Veilchen pflücken zu dürfen, so klein war?

Wenn ich von Lincoln träume, sieht es immer so aus, wie es in meiner Kindheit war. Oder vielmehr, ich träume, daß es so aussieht, denn an seinem Bild wurde herumgepfuscht, und es ist halb wirklich so und halb die Umgestaltung meiner schlummernden Sinne. Zum Beispiel das kleine rote Backsteinhaus, in dem Miss Lena Moose und Miss Lucy Sheffield wohnten. Es wurde wahrscheinlich während der Präsidentschaft von General Ulysses S. Grant erbaut, und im Inneren waren dunkle Balken und schwere Vorhänge, die das Licht aussperrten. Wenn ich von ihm träume, sind seine Proportionen so zufriedenstellend für das Auge und die Zimmer so hell, so bezaubernd und originell, daß ich das Gefühl habe, ich müsse auf irgendeine Weise mein gegenwärtiges Leben aufgeben und in dieses Haus ziehen: nichts anderes könne mich glücklich machen. Oder ich träume, ich stehe vor einem Haus in der Achten Straße – einem großen weißen Haus mit einem Erker an der Ecke und geschnitzten Giebeln und Seitenwandungen aus Schindeln. Ich bleibe auf dem Bürgersteig davor stehen, weil ich glaube, daß meine Mutter in dem Haus ist. Wenn ich an der Tür läute, wird sie kommen und mich einlassen. Oder jemand anders. Und ich werde durch das Haus gehen, bis ich sie finde. Aber was tut sie dort, wenn es doch nicht unser Haus ist? Es wurde in den neunziger Jahren des vorigen Jahrhunderts gebaut, und unser Haus ist viel älter als dieses, und außerdem steht es in der Neunten Straße. Um dieses Rätsel zu lösen, lasse ich meine Erinnerung die Achte Straße entlangspazieren, beginnend an der Ecke, wo die Straßenbahnen abbiegen und ins Zentrum fahren, aber ehe ich zu dem Haus gelange, von dem ich eben träumte, bemerke ich, daß es nicht mehr da ist, und bin auf der Stelle wach.

Nach sechs Monaten auf der Couch eines Analytikers – auch das war vor langer Zeit – durchlebte ich noch einmal die abendlichen Rundgänge, bei denen ich meinen Arm um die Taille meines Vaters gelegt hatte. Vom Wohnzimmer in die Diele, dann zurück, an der Standuhr vorbei und in die Bibliothek und von der Bibliothek wieder ins Wohnzimmer. Von der Bibliothek ins Eßzimmer, wo meine Mutter in ihrem Sarg lag. Wir standen beide da und sahen zu ihr hinunter. Ich wollte zu dem väterlichen Mann, der nicht mein Vater war, dem ältlichen Herrn aus Wien, auch er im Exil, mit dicken Brillengläsern und deutschem Akzent, zu ihm wollte ich sagen: *Ich konnte es nicht ertragen*, aber aus meinem

Munde kam: »Ich kann es nicht ertragen.« Auf diese Worte folgte eine Flut von Tränen, wie ich sie noch nie erlebt hatte, nicht einmal in meiner Kindheit. Ich stand von der Ledercouch auf und verließ (ich wußte irgendwie, mit seiner Zustimmung) seine Praxis und das Gebäude und ging die Sixth Avenue entlang zu meinem Büro. New York ist eine Stadt, in der man völlig ungestört auf der Straße weinen kann.

Andere Kinder hätten es ertragen, sie ertrugen es. Mein älterer Bruder ertrug es, irgendwie. *Ich* konnte es nicht.

Im *Palast um vier Uhr morgens* spaziert man von einem Zimmer ins nächste, indem man durch die Wände geht. Man braucht die Türen nicht zu benutzen. Es gibt eine Tür, aber sie steht immer offen. Wenn man durch sie geht, und es gefällt einem nicht, was auf der anderen Seite ist, kann man umkehren und dorthin zurückgehen, von wo man hergekommen ist. Was geschehen ist, kann ungeschehen gemacht werden. Das ist der Ort, an dem ich Cletus Smith treffe.

Das kleine Haus gegenüber dem Rummelplatz sieht aus, als wäre niemand da. Als wären die Bewohner irgendwohin zu einer Reise aufgebrochen. Tante Jenny hat die Jalousien bis zum Fensterbrett heruntergelassen. So können die Leute nicht hereinspähen und sehen, was sie sieht, wenn sie die Augen schließt, und manchmal auch, wenn sie weit geöffnet sind. Das Doppelbett im vorderen Zimmer ist gemacht, und Cletus liegt darauf, seine Schuhe ragen über den Bettrand hinaus, damit sie den Überzug nicht schmutzig machen. Er liegt auf seiner linken Seite, zusammengerollt wie ein Embryo, als versuche er, so aus dieser Welt herauszukommen, wie er in sie hineinkam.

Das Haus riecht nach Kaffee, der durch den Filter läuft, und dann nach brutzelndem Speck. Er antwortet nicht, als sie ihm zuruft, das Frühstück sei fertig. Und er kommt auch nicht. Sie sitzt am Küchentisch und bläst in ihren Kaffee, aber er ist noch zu heiß zum Trinken, und so gießt sie etwas davon in die Untertasse ... (Es ist Zeit, sich von all diesen Leuten zu trennen, und doch fällt es mir schwer. Es scheint fast, als könne man den Zeugen nicht entlassen, solange man die Beweisaufnahme nicht hinter sich gebracht hat.)

Tante Jenny steht plötzlich auf, geht ins Nebenzimmer und legt die Hand auf Cletus' Stirn. Er hat kein Fieber, aber seine Haut fühlt sich feucht an, und er ist sehr blaß. Seine Augen sind offen, aber er sieht sie nicht an. Als sie die Hand wegnimmt, sagt er: »Hättest du Angst, wenn er hierherkäme?«

»Wenn wer hierherkäme?«

Er erklärt es ihr nicht, und nach einem Augenblick sagt sie, ja, sie hätte Angst.

»Was meinst du, wo er jetzt ist?«

»Ich habe nicht die leiseste Ahnung.«

Ihre Hand ist nicht ruhig genug, daß sie aus der Untertasse trinken könnte, und so gießt sie den Kaffee wieder in die Tasse zurück und vergißt, ihn zu trinken. Die Uhr tickt nicht immer gleich laut. Sie hört es nicht mehr, statt dessen hört sie das Geräusch ihres eigenen schweren Atems. Es ist Viertel vor neun, und sie räuspert sich und sagt: »Zeit, in die Schule zu gehen. Du kommst zu spät.« Er kommt sowieso zu spät. Die Uhr geht fünf Minuten nach, das weiß sie, hat es aber im Augenblick vergessen. Seine Bücher liegen auf einem

Stuhl neben der Tür, aber er weiß, auch wenn sie es noch nicht wissen sollte, daß er nie wieder in diese Schule gehen kann. Er schlendert durch den Palast um vier Uhr morgens. In diesem sonderbaren blauen Licht. Mit ausgestreckten Armen, wie ein Akrobat auf dem Hochseil. Und ohne Netz, das ihn auffinge, sollte er fallen.

Die Begegnung auf dem Schulkorridor, anderthalb Jahre später, bewahre ich lebendig in meiner Erinnerung, so als ginge ich durch eine Reihe von Wiedergeburten, die jedesmal zu demselben Versagen führen. Ich sah, daß er mich erkannte, und es hatte keinen Sinn, daß ich hoffte, ich sähe so aus, als hätte ich ihn nicht erkannt, denn ich spürte den Ausdruck der Überraschung auf meinem Gesicht. Er sagte nichts. Ich sagte nichts. Wir gingen einfach weiter.

Ich erinnere mich, daß ich danach dachte: *Wenn genug Zeit vergangen ist, wird er wissen, daß ich es niemandem erzählt habe …* Aber ich machte mir immer noch Sorgen, aus Angst, er könnte denken, daß ich deshalb nicht mehr mit ihm sprach, weil ich ihn nicht mehr kennen wollte nach allem, was geschehen war. Was er, fürchte ich, wirklich dachte. Was sonst?

Ging er nach Hause und erzählte es seiner Mutter? Und packten sie dann ihre Sachen und zogen in einen anderen Stadtteil von Chicago, um mir zu entgehen?

Wenn ich die Geistesgegenwart gehabt hätte zu sagen: »Du brauchst dir keine Sorgen zu machen, ich erzähle es niemandem«, wären sie dann imstande gewesen, zu bleiben, wo sie waren? Hätte seine Mutter einem fünfzehnjährigen Jungen zugetraut, so ein Versprechen zu halten, selbst wenn ich es gegeben hätte?

Manchmal meine ich fast, ich sei auf den Schulkorridoren später wieder an ihm vorbeigelaufen. Und ich meine, aber ich bin mir dessen überhaupt nicht sicher, ich könnte mich erinnern, glücklich gewesen zu sein, daß ich sein Geheimnis bewahrte. Was bedeuten muß, daß er dort war, daß wir auf den Fluren immer wieder aneinander vorübergingen, daß er nicht fortgezogen war. Aber wenn er auf dieser Schule geblieben wäre, dann wären wir früher oder später in derselben Klasse gewesen, und ich weiß, das war nicht der Fall.

Fünf oder zehn Jahre sind vergangen, ohne daß ich auch nur ein einziges Mal an Cletus gedacht hätte, und dann erinnert mich etwas an ihn – daran, wie wir zusammen auf dem Gerüst des halbfertigen Hauses gespielt haben. Und plötzlich ist er da, kommt im Korridor dieser riesigen High-School auf mich zu, und ich zucke zusammen bei der Erinnerung daran, daß ich nicht mit ihm gesprochen habe. Und ich versuche, sie aus meinem Gedächtnis zu streichen.

Eines Tages im letzten Winter holte ich, von Schuldgefühlen geplagt, den Karton vom Boden, der mit alten Aufsätzen, Diplomen, Zeitungsausschnitten, Briefen von Collegefreunden, die ich seit dreißig oder vierzig Jahren nicht mehr gesehen habe, und so weiter vollgestopft ist, und suchte darin, bis ich mein High-School-Jahrbuch fand. Die Fotos der Studenten der Abschlußklasse sind in senkrechten Reihen angeordnet, fünfzehn ovale Porträts auf jeder Seite. Cletus hätte zwischen Beulah Grace Smith und Sophie Sopkin sein müssen, und er ist es nicht. Wenn er es gewesen wäre, ich wäre vermutlich in der Lage gewesen, ihn für immer zu vergessen. Ich sah das Jahrbuch sorgfältig von Anfang bis Ende durch und suchte nach ihm. Er ist auf keinem Gruppenbild und steht in keiner Namenliste.

Sicher gibt es eine Grenze für das, was man von sich als Jugendlichem fordern kann. Und sich weiter schuldig zu fühlen für etwas, was vor so langer Zeit geschah, ist kaum vernünftig. Trotzdem fühle ich mich schuldig. Ein bißchen. Und werde mich vielleicht immer schuldig fühlen, sooft ich an ihn denke. Aber es ist nicht nur mein Versagen, woran ich denke. Ich stelle mir auch Fragen über ihn, darüber, was wohl mit ihm geschehen ist. Ob ihm der Anblick der Leiche seines ertrunkenen Vaters erspart blieb. Ob er und seine Mutter sich irgendwann wieder ansehen konnten, ohne verlegen zu werden. Ob er eine genauso einsame Zeit erlebte wie ich, als er nach Chicago zog. Und ob die Reihe der Ereignisse, die mit dem Mord an Lloyd Wilson begann – ob ihm all das schließlich weniger wirklich erschien, mehr wie etwas, was er träumte, so daß er, anstatt daran gekettet zu bleiben, weitermachen und mit Gottes Gnade sein eigenes Leben führen konnte, unversehrt von dem, was er nicht verschuldet hatte.

Inhalt